WEIHNACHTSGESCHICHTEN FÜR KINDER

Das große Weihnachtsbuch für Kinder
- 18 besinnliche Kurzgeschichten rund um Weihnachten

W0210256

Yvonne C. König

Originale Erstauflage

Alle Rechte, insbesondere Verwertung und Vertrieb der Texte, Tabellen und Grafiken, vorbehalten.

Copyright © 2021 by Eulogia Verlags GmbH

Softcover: 978-3-96967-128-3

Redaktion: Finn Alexander Dubbels
Lektorat: Matthias Kramer
Druck/Auslieferung: Amazon.com oder eine Tochtergesellschaft

Impressum:

Eulogia Verlags GmbH
Nagelsweg 22a
20097 Hamburg
Deutschland

Wir wünschen viel Vergnügen beim Lesen!

WEIHNACHTSGESCHICHTEN FÜR KINDER

EULOGIA
VERLAG

INHALTSVERZEICHNIS

Ohne Kamin kein Weihnachtsmann...? 2

Rüdiger, das verlorene Rentier 11

Die Tränen der Tanne 18

Die perfekten Weihnachtsplätzchen 23

Der Weihnachtsstrumpf ist weg 27

Die mutige Christbaumkugel 31

Das Weihnachtsmalheur 38

Der schäbige Schneemann 47

Der gebrochene Lebkuchenmann 53

Der einsame Eisbär 57

Die wackere Winterwolke 68

Die Weihnachtspanne 72

Das Warten hat endlich ein Ende 78

Die verirrte Schneeflocke 84

Weihnachten unter Palmen 88

Der fremde Wunsch 93

Weihnachten am Fließband 96

Der einsame alte Mann 101

Ohne Kamin kein Weihnachtsmann...?

Seid ihr schon einmal umgezogen? So ein Umzug ist eine aufregende Sache! Vor allem, wenn das neue Haus viel schöner und größer ist als das alte Haus. Die kleine Steffi freute sich deshalb sehr, als ihre Eltern ein neues Haus kauften. Das alte hatte ein undichtes Dach und klapprige Fenster gehabt, da war es oft bitterkalt gewesen. Und bei Regen waren manchmal dicke Tropfen durch das löchrige Dach auf Steffis Kopf gefallen und sie konnte nicht einschlafen! Dann war sie am nächsten Tag immer sehr müde und konnte in der Schule überhaupt nicht aufpassen.

Ihr könnt euch also denken, dass Steffi sehr froh war über den Umzug und sich auf ihr neues Zimmer freute. Vor allem, weil draußen schon kaltes Herbstwetter herrschte und es in ihrem alten Haus ganz bestimmt wieder durch die Decke geregnet hätte! Stellt euch nur vor: Das alte Haus hatte nicht einmal eine richtige Heizung gehabt! Stattdessen hatte Steffis Papa Holzscheite herbeischleppen müssen. Dabei hatte er manchmal ganz schön geschnauft, weil das Holz so schwer war! Mit diesem Holz wurde dann ein großer Kamin im Wohnzimmer befeuert. Das flackernde Feuer sah sehr hübsch aus und war auch wirklich gemütlich – aber Steffis Mama schimpfte oft über den vielen Ruß, der die Wohnung verschmutzte.

Im neuen Haus gab es stattdessen eine moderne Heizung. Da musste man nur an einem Rädchen drehen, und schon wurde es überall mollig warm. Wer brauchte da schon einen Kamin? Steffi jedenfalls nicht. Das dachte sie zumindest – bis ihre Mama damit anfing, das Haus für Weihnachten zu schmücken. Da kam Steffi plötzlich ein sehr beunruhigender Gedanke: Wenn es in ihrem Haus keinen Kamin gab – wie sollte dann der Weihnachtsmann die Geschenke bringen? Denn der Weihnachtsmann rutscht für die Bescherung an Heiligabend mit seinem großen Geschenkesack durch den Kamin, das weiß doch jedes Kind!

Als Steffi mit ihren Eltern über dieses wichtige Thema sprach, lachten die nur. „Mach dir mal keine Sorgen", sagte ihre Mama und strich liebevoll durch Steffis Haar. „Der Weihnachtsmann findet immer einen Weg!" Aber Steffi war sich da nicht so sicher. Nur: Wer konnte ihr helfen? In der Schule fragte Steffi ihre beste Freundin Lisa, aber die zuckte nur ratlos mit den Achseln. „Wir haben schon immer eine Heizung", erklärte Lisa. „Wir hatten noch nie einen Kamin. Aber Geschenke gibt es trotzdem jedes Jahr – der Weihnachtsmann findet immer einen Weg."

Jetzt hätte Steffi doch wirklich keine Angst mehr um ihre Geschenke haben müssen! Aber wie das eben so ist: Bohrende Zweifel lassen sich nicht so leicht zum Schweigen bringen. Und je näher das Weihnachtsfest rückte, desto größer wurden Steffis Sorgen. Und als dann endlich der lange erwartete Tag gekommen war, da konnte sich die kleine Steffi gar nicht richtig freuen. Schon am Morgen brachte sie kaum einen Bissen von ihrem Frühstück herunter.

„Na, du bist wohl schon ganz aufgeregt wegen der Geschenke, die der Weihnachtsmann heute Abend bringt!", sagte die Mama und der Papa lachte dazu.

Aber genau das war ja Steffis Problem! Vielleicht kam der Weihnachtsmann heute Abend überhaupt nicht. Weil sie ja keinen Kamin mehr hatten! Nur diese blöde, blöde Heizung mit ihren komischen Drehknöpfen. Aber ihre Eltern hatten für ihre Sorgen einfach kein Verständnis. Überhaupt: Niemand konnte sie verstehen. Nur Bello hörte ihr zu. Bello war ihr kleiner Hund aus Stoff, den sie einmal zu einem früheren Weihnachtsfest geschenkt bekommen hatte – als sie noch in einem Haus mit einem Kamin gewohnt hatte und der Weihnachtsmann zu ihr kommen konnte!

Am frühen Nachmittag, als es draußen schon dunkel wurde, trafen ihre Eltern die letzten Vorbereitungen für das Fest am Abend. Steffis Oma und Opa sollten kommen und es würde viele leckere Sachen zu essen geben. Steffis Mama hatte sich gerade die Haare gewaschen und war mit dem Föhn zugange. Der Papa stand neben ihr und rasierte sich. Beide zusammen machten einen Höllenlärm und Steffi konnte kein Wort von dem Weihnachtshörspiel verstehen, das sie von ihrer Oma zur Verkürzung der Wartezeit geschenkt bekommen hatte.

Da! Hatte da nicht etwas gerumpelt? Das Geräusch war sehr dumpf, und Steffi hatte es kaum richtig gehört. Aber der Boden hatte vibriert. Und noch einmal! Das kam nicht aus dem Bad, wo ihre Eltern mit Föhn und Rasierapparat einen Riesenlärm veranstalteten. Das kam von unten! War da etwa jemand in ihrem Keller? Vielleicht ein Einbrecher! Aber wie sollte ein Einbrecher in den Keller kommen? Da gab es doch nur ein winziges Fenster, durch das wirklich niemand hindurchpasste!

Steffi rief nach ihren Eltern, aber die hörten sie einfach nicht. Der Papa hatte jetzt sogar noch mit dem Singen angefangen! Fröhlich schmetterte er Weihnachtslieder, während er weiter den Rasierapparat schwang. Und immer, wenn er in die Nähe der Mundpartie kam, klang der Gesang ganz komisch, weil er die Lippen dann nicht richtig bewegen konnte. Und die Mama hörte sowieso nichts, wenn sie erst einmal so richtig am Föhnen war.

Nein, selbst war die Steffi! Sie musste ganz allein nachsehen. Nur Bello nahm sie mit. Der hatte sie noch nie im Stich gelassen. Wenn da wirklich ein Einbrecher war, dann würde sie ihm einfach ihren Bello entgegenhalten – denn der Einbrecher wusste schließlich nicht, dass Bello nur ein Kuscheltier war!

Steffi nahm ihren ganzen Mut zusammen und stieß die Kellertür auf. Die schmalen Stufen verschwanden im Dunkeln, und das Ganze sah alles andere als einladend aus. Wollte sie wirklich da hinuntergehen? Ganz allein? Steffi schauderte. Da fiel ihr der Lichtschalter ein, der neben der Kellertür an der Wand befestigt war. Schnell drückte sie den Knopf. Puh, das Licht ging an! Mit einem Mal sah die Kellertreppe gar nicht mehr so schrecklich aus, sondern eigentlich ganz sauber und aufgeräumt – und ungefährlich.

Da hörte Steffi wieder das Rumpeln. Und hatte da nicht jemand gestöhnt und geächzt? Es half alles nichts: Sie musste nachsehen. Oben im Bad hatte der Papa die Mundpartie hinter sich gebracht und schabte jetzt an anderen Stellen herum, so dass er wieder nach Herzenslust dabei singen konnte. Und die Mama war immer noch nicht mit dem Föhnen fertig! Warum musste sie auch so lange Haare haben?

Vorsichtig schlich sich Steffi die Stufen hinunter und lugte um die Ecke in den großen Kellerraum. Und dann wollte sie ihren Augen kaum trauen! Da versuchte doch tatsächlich jemand, sich durch das kleine Kellerfenster zu zwängen! Für einen Augenblick lang war sie so empört, dass sie gar nicht daran dachte, sich zu erschrecken!

Der Einbrecher sah überhaupt nicht so aus, wie Steffi sich einen Einbrecher vorgestellt hatte. Er trug keine Maske und auch keine dunkle Kleidung. Im Gegenteil: Er war ein kleiner dicker Mann mit einem knallroten Mantel, dessen Ränder mit weißem Pelz geschmückt waren. Auf dem Kopf trug er eine rote Zipfelmütze, an deren Spitze ebenfalls ein weißer Bommel lustig hin und her wippte. Als der Fremde sich schnaufend und keuchend umdrehte, sah Steffi, dass er außerdem einen langen weißen Rauschebart trug. Tatsächlich: Der Einbrecher sah aus wie der Weihnachtsmann!

Als der Blick des Weihnachtsmann-Einbrechers auf das kleine Mädchen fiel, das ihn misstrauisch musterte, lächelte er breit. Er hatte sauber geputzte Zähne, das fiel Steffi sofort auf.

„Du bist bestimmt die kleine Steffi", sagte der Weihnachtsmann freundlich. „Kannst es wohl kaum erwarten, bis du deine Geschenke kriegst, was? Warst du auch schön brav?"

„Wer bist du?", fragte Steffi.

„Na, du stellst aber komische Fragen. Wie sehe ich denn aus?"

„Du siehst aus wie der Weihnachtsmann. Aber du benimmst dich wie ein Einbrecher!"

Der rundliche alte Mann im roten Mantel stemmte sich entrüstet die Fäuste in die Seiten. „Ich bin kein Einbrecher. Ich bin der Weihnachtsmann!", erklärte er streng.

Steffi rümpfte das Näschen und schüttelte den Kopf. „Aber das geht doch nicht! Der Weihnachtsmann kommt doch nicht durchs Kellerfenster! Das machen nur Einbrecher!"

„Wenn es keinen Kamin gibt, dann kommt der Weihnachtsmann eben durch den Keller. Fängt schließlich beides mit einem ‚K' an, das passt doch." Der Mann im roten Mantel klopfte sich vielsagend auf seinen dicken Bauch. „Und eng sind sie alle beide. Aber vielleicht liegt das auch an den ganzen guten Plätzchen, die ich ständig esse."

Steffi kicherte. „Mein Papa isst auch zu viele Plätzchen. Dann bekommt er im Frühling die Hosen nicht mehr zu und meine Mama setzt ihn auf Diät. Dann jammert er die ganze Zeit."

„Diät", sagte der Weihnachtsmann und erschauerte. „Ein schreckliches Wort. Und es passt so gar nicht zu Weihnachten. An Weihnachten sollte niemand leiden und niemand Mangel haben."

„Ich bin sehr froh, dich zu sehen, Weihnachtsmann. Ich habe nämlich schon geglaubt, du könntest nicht kommen, weil wir keinen Kamin mehr haben", gestand Steffi.

Da lachte der unerwartete Besucher so heftig, dass Rauschebart, Zipfelmütze und Kugelbauch um die Wette hüpften. „Der Weihnachtsmann findet immer einen Weg!"

Dabei wühlte er in dem riesigen Sack, den er hinter sich durch das kleine Fenster gezogen hatte. Steffi hatte keine Ahnung, wie dem Weihnachtsmann das gelungen war, aber das kümmerte sie auch nicht weiter. Denn jetzt streckte ihr der Weihnachtsmann gleich einen ganzen Stapel bunt verpackter Pakete entgegen. „Die sind nicht alle für dich, da sind auch Sachen für deine Eltern dabei."

Steffi verschwand vollständig unter dem Geschenkeberg. „Vielen Dank, lieber Weihnachtsmann!", rief sie. Aber als ihr Kopf glücklich und erhitzt wieder unter den ganzen Päckchen auftauchte, war der Weihnachtsmann verschwunden. Steffi war ganz allein im Keller – nur Bello war bei ihr.

Schnell rannte sie zu dem Fenster hin und streckte ihren Kopf hinaus in die kalte Winterluft. Es war ganz dunkel, nur ein paar Lichter von der Straße funkelten zu ihr herüber und brachten den frisch gefallenen Schnee zum Glitzern. Steffi schaute nach oben. War da nicht die Silhouette eines großen Schlittens zu sehen, der von einem ganzen Gespann schneller Rentiere gezogen wurde? Und lachte da nicht jemand, wie nur der Weihnachtsmann lacht: „Ho-ho-ho!"

Steffi zog den Kopf zurück, raffte die Geschenke zusammen und schleppte den ganzen Berg überglücklich die Kellertreppe hinauf zum Wohnzimmer. Dort warteten die Eltern schon auf sie, um den Weihnachtsbaum anzuzünden. Auch Oma und Opa waren inzwischen gekommen und alle schauten sehr erstaunt auf die vielen Geschenke, die Steffi in den Armen hielt.

„Aber Kind, wo warst du denn?", fragte die Oma.

„Und wo hast du die ganzen Päckchen her?", wollte der Papa wissen.

„Ich war im Keller. Und die Päckchen habe ich natürlich vom Weihnachtsmann! Von wem denn sonst?", erzählte Steffi ihren erstaunten Eltern und Großeltern.

„Du warst im Keller? Und du hast dort den Weihnachtsmann getroffen?", wiederholte der Papa verblüfft. „Was hat denn der Weihnachtsmann im Keller zu suchen? Der soll doch gefälligst durch den Kamin rutschen!"

„Aber wir haben doch gar keinen Kamin!", erinnerte die Mama den Papa. „Wir haben jetzt eine schöne, moderne Heizung!"

Aber Steffi lächelte nur verschmitzt. „Ihr wisst doch: Der Weihnachtsmann findet immer einen Weg."

Rüdiger, das verlorene Rentier

Wisst ihr, was ein Rentier ist? Ein Rentier ist so eine Art Hirsch. Aber das Rentier ist eine ganz besondere Art Hirsch: Rentiere leben gerne da, wo es etwas kälter ist, und haben keine Angst vor dem Winter. Sie sind entdeckungsfreudig und kräftig und finden sich leicht überall zurecht. Und sie sind sehr ausdauernde Läufer. Aus diesem Grund dürfen die Rentiere, was sonst kein Tier darf: Sie dürfen den Schlitten des Weihnachtsmannes ziehen!

Die Weihnachtselfen, die kleinen Helfer des Weihnachtsmannes, bestäuben die Hufe der Rentiere mit Sternenstaub, damit sie durch die Lüfte über den Himmel laufen können. Denn nur im Flug ist der Weihnachtsmann mit seinem Schlitten schnell genug, um auch wirklich alle braven Kinder an Heiligabend mit seinen Geschenken zu beglücken.

Für die Rentiere ist deshalb das Weihnachtsfest auch ein besonderer Tag. Ganz besonders aufgeregt sind die jungen Rentiere, die das erste Mal den Schlitten des Weihnachtsmannes ziehen dürfen – und deshalb auch zum ersten Mal von den Weihnachtselfen mit Sternenstaub bestreut werden.

Eines dieser jungen Rentiere war Rüdiger. Rüdiger fieberte dem nächsten Weihnachtsfest schon lange entgegen – seit er wusste, dass er diesmal auch zu den auserwählten Rentieren gehören würde, die den Schlitten des Weihnachtsmannes ziehen durften. Etwas

Größeres konnte es für ein junges Rentier ja gar nicht geben!

Am Morgen des großen Tages versammelte er sich mit den anderen Rentieren auf dem Startplatz. Die Weihnachtselfen waren schon da und schwenkten ihre Schalen mit Sternenstaub. Bis zum Abend der Bescherung war es zwar noch eine Weile hin, aber die Rentiere sollten sich schon mal ein wenig warmfliegen – außerdem waren ja wieder Neulinge dabei, die noch nie durch die Luft gelaufen waren, und die mussten sich erst einmal an diese neue Art der Fortbewegung gewöhnen. Neulinge wie unser Rüdiger.

Rüdiger zappelte schon ganz aufgeregt mit allen vier Beinen – beinahe wäre er ausgerutscht und auf die Nase gefallen. Aber ein Rentier mit roter Nase, das muss schon Rudolf heißen, und nicht Rüdiger. Als Rüdiger endlich an der Reihe war und die goldenen Flocken auf ihn niederrieselten, da spürte er sofort, wie eine Veränderung mit ihm vorging.

Rüdiger konnte gar nicht mehr an sich halten und rannte einfach los. Zwar kommt der Name des Rentiers nicht vom Rennen, aber Rüdiger rannte und rannte und rannte. Und dabei merkte er gar nicht, wie er vom Boden abhob und durch die Lüfte sauste! Erst als er nach unten blickte, stellte er fest, dass die Landschaft plötzlich winzig klein unter ihm lag. Die Bäume, die anderen Rentiere, die Ställe und das Haus des Weihnachtsmanns – alles war nur noch so groß wie ein Spielzeug. Ja, selbst die ohnehin schon kleinen Weihnachtselfen sahen jetzt noch viel winziger aus und waren kaum noch zu sehen.

Rüdiger war begeistert! Er flitzte wortwörtlich in alle Himmelsrichtungen und war gar nicht mehr aufzuhalten. Auch davon, dass der Wind immer heftiger blies, ließ er sich nicht beeindrucken. So machte es ja nur umso mehr Spaß! Die älteren Rentiere riefen ihm Warnungen zu, aber Rüdiger hörte sie nicht. Er war doch jung und kräftig, er konnte den Wind aushalten! Außerdem war er ja nicht allein: Um ihn herum tanzten so viele Schneeflocken! Es wurden immer mehr!

Rüdiger tanzte mit den Schneeflocken um die Wette, und er merkte gar nicht, dass es bald so viele waren, dass er vor lauter Schneeflocken gar nichts mehr sehen konnte. Es waren so viele Schneeflocken um ihn herum, dass er sogar ein paar davon verschluckte! Aber das störte Rüdiger gar nicht. Die Schneeflocken kamen ja ganz frisch vom Himmel und waren noch nicht verschmutzt.

Als das wilde Schneetreiben sich endlich legte, hatte auch Rüdiger erst einmal genug vom ständigen Laufen und wollte zu seinen Ställen zurückkehren, um sich erst einmal ein paar leckere Flechten zu gönnen. Denn Rentierflechten essen Rentiere am liebsten – deshalb heißen diese Pflanzen auch so.

Aber, aber, aber – als die Schneeflocken sich zerstreuten und Rüdiger sich umblickte, da kannte er sich gar nicht mehr aus! Wo war er bloß? Von den anderen Rentieren und den Weihnachtselfen und den Ställen war gar nichts zu sehen? Hatte er es mit dem Fliegen etwa übertrieben?

Aufgeregt schaute Rüdiger nach links und nach rechts, aber er fand nirgendwo einen Punkt, der ihm bekannt vorkam und an dem er sich hätte orientieren können. Alles wirkte fremd. Rüdiger konnte es kaum glauben – aber er hatte sich verlaufen. Oder besser: verflogen. Wie sollte er jetzt nur wieder nach Hause kommen? Der Weihnachtsmann und die anderen Rentiere warteten doch auf ihn! In wenigen Stunden war Heiligabend - er musste doch mithelfen, den Schlitten zu ziehen! Sonst ging es nicht schnell genug voran, und die Kinder bekamen keine Geschenke! Das durfte nicht sein!

Rüdiger flog nach links und nach rechts, aber er kam einfach nicht wirklich vom Fleck. Schließlich ließ sich der arme Rüdiger völlig erschöpft auf den Boden herabsinken, hockte im nassen Schnee und heulte wie ein Schlosshund. Und es war weit und breit niemand zu sehen, der ihm hätte helfen können. Am Nordpol lebte ja niemand, der Nordpol war ja eigentlich nur ein großes Meer, das aufgrund der eisigen Kälte völlig festgefroren war - so fest, dass man darauf laufen konnte.

„Ach", sagte Rüdiger zu sich. „Wenn ich am Südpol wäre, das wär' fein, da könnte ich einen Pinguin fragen. Die Pinguine kommen viel herum und kennen alle Wege. Aber am Nordpol gibt es ja keine Pinguine, nur hungrige Eisbären. Und einem hungrigen Eisbären möchte ich lieber nicht begegnen. Nachher zeigt der mir noch den Weg in seinen leeren Bauch..."

Da hörte er plötzlich eine piepsige Stimme: „Nanu, erst himmelhoch jauchzend und jetzt zu Tode betrübt? Wie kann das sein?"

Rüdiger schniefte und sah sich verwundert um. Niemand war zu sehen. Nur ein paar vereinzelte Schneeflocken tanzten um ihn herum. Er fragte: „Wer hat das gesagt?"

Die piepsige Stimme antwortete: „Na ich! Vorhin hast du doch so schön mit uns gespielt, und jetzt? Wollen wir nicht noch mal um die Wette laufen?"

Da begriff Rüdiger, dass es eine der Schneeflocken war, die mit ihm sprach. Das war ja unerhört! Er hatte gar nicht gewusst, dass Schneeflocken reden konnten. Aber wenn es fliegende Rentiere und Weihnachtselfen gab, dann musste man sich über eine gesprächige Schneeflocke wohl auch nicht mehr wundern. Und da sonst niemand zugegen war, konnte er sich genauso gut auch einer kleinen Schneeflocke anvertrauen.

„Ich habe mich verirrt", gestand Rüdiger.

„Ach, das kommt schon mal vor. Das kann jedem passieren. Außer vielleicht einer Schneeflocke. Ich habe noch nie gehört, dass sich eine Schneeflocke verirrt hätte. Das liegt vielleicht auch daran, dass uns eigentlich jeder Weg recht ist. Wohin möchtest du denn?"

„Ich muss zurück zum Weihnachtsmann, da warten sie auf mich. Ich soll doch heute Abend den Schlitten ziehen!"

Die kleine Schneeflocke war ganz aufgeregt. „Ui, den Schlitten vom Weihnachtsmann! Das ist ja eine feine Sache. Soll ich dir den Weg zeigen?"

Rüdiger konnte sein Glück kaum fassen. „Du kennst den Weg zum Weihnachtsmann?"

„Klar. Da schneien wir öfter mal rum. Wollen wir um die Wette fliegen?", schlug die Schneeflocke vor. „Ich heiße übrigens Susi."

Rüdiger schüttelte heftig den Kopf. „Ich heiße Rüdiger. Und ich will lieber nicht mehr um die Wette fliegen. Ich folge einfach dir nach."

„Schade, ein Wettlauf wäre viel spannender."

Aber Spannung hatte Rüdiger heute schon genug gehabt. Er wollte nur noch sicher nach Hause! Ganz artig flog er der fröhlichen Schneeflocke Susi hinterher, was schwer genug war – denn Schneeflocken sind ganz schön wilde Flieger, die es gerne im Zickzack mögen. Rüdiger musste sich ordentlich anstrengen, die flinke kleine Susi nicht aus den Augen zu verlieren.

Aber endlich konnte er die vertraute Umgebung seiner Ställe sehen. Rüdiger freute sich riesig. Endlich wieder zu Hause! Endlich wieder bei den anderen Rentieren! Der Anführer Rudolf, gut zu erkennen an seiner leuchtend roten Nase, kam auf ihn zu und stupste ihn mit der Nase an. „Wo hast du denn gesteckt, Jungspund?", fragte er.

Rüdiger erzählte die ganze Geschichte und wurde tüchtig ausgelacht. „Ein Rentier, das sich von einer Schneeflocke den Weg erklären lässt – hat man so was schon gehört?!", riefen die anderen Rentiere.

Aber eigentlich waren alle froh, dass Rüdiger wieder da war und sie am Abend gemeinsam den Schlitten ziehen konnten. Die Bescherung war gerettet – auch dank der kleinen Schneeflocke Susi.

Die Tränen der Tanne

Bäume weinen nicht. Und Tannenbäume schon gar nicht: Die werden schließlich zum Weihnachtsfest prächtig geschmückt und sehen dann schöner aus als alle anderen Bäume. Da gibt es also keinen Grund zu weinen! Der kleine Sven lernte aber einmal eine Tanne kennen, die wirklich weinen musste – und daran war er auch noch selbst schuld!

Aber der Reihe nach: Eigentlich begann die schöne Weihnachtszeit, wie es sich gehört. Das Haus wurde festlich geschmückt, Mama backte mit Sven leckere Plätzchen und Papa sollte einen stattlichen Weihnachtsbaum kaufen. Aber als der Papa dann endlich zurückkam, war die Enttäuschung groß: Der Baum, den er mitgebracht hatte, war furchtbar klein und furchtbar dürr und sah alles in allem recht armselig aus.

Sven war sehr enttäuscht, als er den mickrigen Baum sah, den der Papa mitgebracht hatte. „Das soll ein Weihnachtsbaum sein? Das ist doch nur Gestrüpp! Damit kann man nicht einmal ein richtiges Feuer machen! An den dünnen Ästchen bleibt doch keine einzige Christbaumkugel hängen!"

Der Papa machte ein zerknirschtes Gesicht. Er entschuldigte sich bei Mama und Sven und erklärte: „Ich habe einen alten Bekannten getroffen und mich festgequatscht. Dann bin ich im Stau gestanden, und als ich schließlich den Weihnachtsbaumverkäufer erreicht habe, war dieser schon fast völlig ausverkauft. Nur diesen kleinen Baum hier, den wollte niemand haben."

„Ich will ihn auch nicht haben", sagte Sven. An diesem Abend ging er sehr enttäuscht ins Bett. Das konnte ja ein heiteres Weihnachtsfest werden, wenn sie nur einen armseligen Baum hatten. Da passten ja nicht einmal viele Geschenke darunter! Ob er angesichts so eines mickrigen Tannenbaums überhaupt Geschenke bekommen würde? Wahrscheinlich würde der Weihnachtsmann auf der Stelle kehrt machen und beleidigt weitergehen!

Vor lauter Sorge um das Weihnachtsfest konnte Sven nicht schlafen. Da hörte er plötzlich ein seltsames Geräusch. Es klang wie ein Schniefen. Hatte sich Papa beim langen Stehen in der Kälte einen Schnupfen geholt? Aber das klang ja gar nicht wie Papa! Da weinte doch jemand! War das etwa Mama? Kurzentschlossen stieß Sven die Decke zurück und sprang aus dem Bett. Auf leisen Sohlen folgte er dem Schluchzen, das zu seiner Überraschung aus dem Wohnzimmer kam.

Als Sven das Wohnzimmer betrat, stellte er zu seiner Überraschung fest, dass es vollkommen leer war. Natürlich nicht ganz leer, die Möbel standen noch an ihrem Platz – aber da gab es eben niemanden, der hätte weinen können. Aber Sven konnte doch das Weinen ganz deutlich hören!

„Ach, was bin ich doch für ein armes Bäumchen. Nur ein Gestrüpp, hat er gesagt, und keiner möchte mich zu Weihnachten als Weihnachtsbaum haben."

Da begriff Sven, dass es das kleine Bäumchen war, das da stand und schluchzte. Zuerst war er sehr überrascht, denn er hatte nicht gewusst, dass Bäume weinen können. Eine Tanne ließ hin und wieder Nadeln fallen, aber Tränen? Dann bekam er plötzlich ein schlechtes

Gewissen. Er selbst war es ja gewesen, der sich so hässlich über die kleine Tanne geäußert hatte. Und damit war er selbst auch schuld daran, dass das kleine Bäumchen jetzt so bitterlich weinte.

„Es tut mir leid, was ich gesagt habe“, sagte Sven zu dem kleinen Baum. „Ich habe mich geirrt. Du wirst ein großartiger Weihnachtsbaum sein!“

„Ach, das sagst du nur so«, schniefte die Tanne untröstlich. „Ich kann doch kaum eine Christbaumkugel richtig halten. Und ich hätte so gerne einen richtigen Stern auf meiner Spitze – aber der ist auch viel zu schwer.“

„Ha!“, rief Sven tatenlustig. „Das wollen wir doch erst mal sehen! Wir werden dich schon richtig schmücken! Warte nur ab! Du wirst ein großartiger Weihnachtsbaum! Du wirst der schönste und prächtigste Weihnachtsbaum überhaupt!“

Die kleine Tanne hörte auf zu schniefen. „Wirklich?“ Es klang immer noch ein wenig ungläubig – aber auch hoffnungsfroh.

„Ja, wirklich – warte es nur ab! Gleich morgen wirst du geschmückt, liebes Tännchen!“, versprach Sven.

Und Sven hielt Wort: Er suchte alles zusammen, was seine Mutter an Bastelkram für Weihnachten vorbereitet hatte, und begann seine Arbeit. Er nahm die Ostereier vom letzten Jahr und beklebte sie mit Glitzerstaub, damit sie aussahen wie Weihnachtskugeln – nun ja, vielleicht wie Weihnachtskugeln, die ein wenig außer Form geraten waren. Aber die Eier waren so leicht, dass die kleine Tanne sie gut tragen konnte! Er hängte viel

Lametta über die Äste, denn Lametta glitzerte schön und war ebenfalls sehr leicht.

Aber das Beste kam zum Schluss: Aus Goldpapier schnitt er einen großen Stern, der wunderschön glänzte, aber auch so leicht wie Papier war. Den steckte er der glücksstrahlenden Tanne auf die Spitze – und weil der Papierstern so leicht war, konnte sie ihn gut tragen!

Es wurde ein sehr fröhliches Weihnachtsfest, und der mickrige kleine Tannenbaum sah gar nicht mehr klein und mickrig aus, sondern glänzte und funkelte, dass es eine Freude war. Und der kleine Sven war sehr stolz und glücklich, als er sah, was er da geschafft hatte.

Die perfekten Weihnachtsplätzchen

Nascht ihr auch so gerne Weihnachtsplätzchen? Am leckersten sind doch immer die Plätzchen, die man selbst gebacken hat. Wenn die Küche und das ganze Haus so wunderbar nach Weihnachten riechen.

Die kleine Lisa war auch so eine Naschkatze. Nichts liebte sie mehr als leckere Plätzchen – außer vielleicht schöne Geschenke. Und weil der Weihnachtsmann ihr jedes Jahr so schöne Geschenke brachte, wollte sie ihm etwas Gutes tun.

„Ich backe in diesem Jahr leckere Plätzchen für den Weihnachtsmann", erklärte sie ihrer Mama. „Die lege ich ihm unter den Weihnachtsbaum, und wenn er meine Geschenke bringt, kann er sich die Plätzchen dafür zum Dank mitnehmen."

Jetzt stellte sich nur die Frage, welche Art von Plätzchen sie für den Weihnachtsmann backen sollte. Es mussten natürlich ganz besondere Plätzchen sein. Plätzchen, die es nicht überall gab, Plätzchen, die so gut schmeckten, dass der Weihnachtsmann sie allen anderen Plätzchen vorziehen würde.

Lisa suchte alle Rezepte zusammen, die sie in den alten Kochbüchern ihrer Mutter fand. Sie blätterte Zeitschriften durch und stöberte auf Rezeptseiten im Internet. Aber kein Rezept war ihr gut genug! Kein Plätzchen sah so aus, wie sie sich das vorstellte! Was war zu tun?

„Ich werde einfach die besten Rezepte miteinander vermischen!", beschloss Lisa. „Ich werde für den Weihnachtsmann ein neues Super-Rezept erschaffen – mit Plätzchen, die es so noch nie gegeben hat."

Aber wenn ihr schon einmal gebacken habt, dann wisst ihr vielleicht, dass es gar nicht so ungefährlich ist, Rezepte nach eigenem Gutdünken abzuändern. Das kann sogar ziemlich nach hinten losgehen, weil die einzelnen Zutaten und Mengenangaben dann nicht mehr zueinander passen!

Das musste auch die kleine Lisa schmerzlich erfahren: Als sie nämlich ihr Blech mit den Superplätzchen aus dem Ofen zog, erwartete sie eine böse Überraschung. Die Plätzchen waren während des Backens nicht nur völlig außer Form geraten – sie schmeckten auch furchtbar. Nein, diese Plätzchen waren keine Superplätzchen –, das war eine Superkatastrophe! Und dem Weihnachtsmann konnte sie damit bestimmt keine Freude machen!

Was sollte sie jetzt nur machen? Sie hatte ja keine Zutaten mehr. Nur noch ein wenig Mehl, Butter, Eier und Zucker. Damit konnte man doch keine besonderen Plätzchen mehr machen. Das reichte nur für einfache Butterplätzchen, und die konnte schließlich jeder. Butterplätzchen waren nichts Besonderes.

„Auf jeden Fall solltest du beim Backen nicht weinen", sagte die Mama. „Denn Tränen sind salzig und verderben den Geschmack der Plätzchen."

Aber Mama hatte gut reden! Wo Lisa doch so enttäuscht war über die misslungenen Plätzchen! Was sollte sie tun? Es half alles nichts: Sie wischte sich die Tränen ab und mischte die verbliebenen Zutaten zusammen. Jetzt musste sich der Weihnachtsmann eben doch mit einfachen Butterplätzchen zufriedengeben. Hoffentlich nahm er vor lauter Enttäuschung nicht einfach ihre Geschenke wieder mit!

Während die Butterplätzchen im Ofen backten, nahm Lisa ein ausgiebiges Bad und wusch sich den ganzen Ärger und Schmutz herunter. Als sie wieder aus dem Badezimmer kam, war die Mama gerade dabei, die fertigen Plätzchen aus dem Ofen zu holen. Das Blech mit den goldgelben Butterplätzchen duftete verführerisch! Am liebsten hätte Lisa gleich eines probiert – aber die Plätzchen waren ja für den Weihnachtsmann bestimmt.

Sie wartete, bis die Plätzchen abgekühlt waren und legte sie dann auf einen schönen bunten Weihnachtsteller. Diesen stellte sie in der Nacht vor Heiligabend unter den Weihnachtsbaum im Wohnzimmer. Hoffentlich würde der Weihnachtsmann die Plätzchen nicht verschmähen!

Und tatsächlich: Am nächsten Morgen waren die Plätzchen verschwunden! Dafür lagen aber ganz viele wunderschön eingepackte Geschenke unter dem Weihnachtsbaum. Und eine große Karte lag auch dabei, auf der in großen Buchstaben Lisas Name stand.

Liebe Lisa, stand da zu lesen. Vielen Dank für die leckeren Plätzchen! Diese einfachen Butterplätzchen mag ich am liebsten – leider bekomme ich sie so selten, weil alle Menschen dem Weihnachtsmann etwas ganz Besonderes und Raffiniertes anbieten möchten. Liebe Grüße, Dein Weihnachtsmann.

Lisa konnte ihr Glück kaum fassen und zeigte die Karte stolz ihren Eltern. Wenn das so war – ja, dann würde sie dem Weihnachtsmann einfach jedes Jahr leckere Butterplätzchen backen!

Der Weihnachtsstrumpf ist weg

Habt ihr schon einmal vor dem Schlafengehen einen Weihnachtsstrumpf aufgehängt, der dann über Nacht auf wunderbare Weise mit verschiedenen Köstlichkeiten gefüllt wurde? Der kleine Maik besaß nicht nur einen Strumpf, sondern gleich eine ganze Reihe von Strümpfen. Allerdings fand er darin nie leckere Süßigkeiten – und das hatte einen ganz bestimmten Grund.

Maik besaß nämlich einen besonderen Freund – einen kleinen Hund namens Lauser. Und Lauser war tatsächlich ein ziemlicher Lauser. Er liebte es, nach den bunten Weihnachtsstrümpfen zu schnappen und diese als Beute in seinem Maul davonzutragen. Aber während Lauser sein Spiel sehr genoss, war Maik darüber natürlich sehr traurig, denn der Weihnachtsmann konnte ja keinen Strumpf füllen, der gar nicht mehr da war!

Maik schimpfte dann immer sehr mit Lauser, aber der kleine Hund bellte nur fröhlich und verstand überhaupt nicht, worüber sich sein geliebtes Herrchen da so aufregte. Er hatte doch so einen großen Spaß mit diesem schönen bunten Strumpf!

Maik seufzte und hängte einen neuen Weihnachtsstrumpf auf. Was sollte er auch sonst machen? Er konnte nur hoffen, dass Lauser den Strumpf dieses Mal in Ruhe lassen würde – schließlich hatte der kleine Racker jetzt doch wirklich genug Strümpfe zerkaut! Außerdem war am nächsten Morgen der Nikolaustag, und der Weihnachtsstrumpf sollte doch über Nacht gefüllt werden!

Aber als Maik am nächsten Morgen erwachte und voller Anspannung und Vorfreude zu seinem Weihnachtsstrumpf lief, da war die Enttäuschung groß: Der Strumpf war schon wieder verschwunden! Und irgendwo bellte Lauser fröhlich. Jetzt war Maik aber so richtig wütend! Er ging nach draußen und suchte Lauser. Er wollte den Hund kräftig ausschimpfen.

Maik musste gar nicht lange suchen: Lauser tollte durch den völlig eingeschneiten Garten, hinterließ eine lustige Spur von Pfotenabdrücken und schwenkte den bunten Strumpf im Maul. Der Strumpf war schon ganz zerrissen und würde ganz sicher keine Süßigkeiten mehr fassen!

Maik stemmte die Fäuste in die Seiten und rief laut den Namen seines Hundes: „Lauser! Komm sofort hierher!" Diesmal würde er dem kleinen Lümmel kräftig die Leviten lesen. Er würde ihm die Schlappohren langziehen!

Fröhlich und ausgelassen sprang Lauser auf sein Herrchen zu, die bunten Fetzen des Weihnachtsstrumpfs im Maul. Aus großen treuen Augen blickte Lauser zu Maik empor und hechelte glücklich. Nein, man konnte Lauser nicht böse sein!

Als Maik das sah, musste er plötzlich lachen – und alle Wut war wie weggeblasen. Was war schon so ein einfacher Weihnachtsstrumpf gegen einen so großartigen Hund wie Lauser! Er bückte sich, nahm einen herumliegenden Ast zur Hand und warf ihn weit von sich. Lauser bellte fröhlich und lief dem fliegenden Stöckchen hinterher.

So spielten sie den ganzen Nachmittag zusammen im Garten und waren beide sehr fröhlich und glücklich dabei. Als sie am Abend zum Essen wieder ins Haus gingen, dachte Maik gar nicht mehr an den Weihnachtsstrumpf. Er war ihm nicht mehr so wichtig, schließlich hatte er ja Lauser.

Aber als er nach dem Abendessen frisch gebadet in sein Zimmer ging, traute er seinen Augen kaum: Auf seinem Bett lag ein nagelneuer Weihnachtsstrumpf – viel größer und bunter als seine alten Strümpfe. Und dieser Strumpf war prall gefüllt mit den köstlichsten Leckereien! Maik konnte es wirklich kaum fassen. Und ganz besonders freute er sich, als er unter all den Süßigkeiten auch ein paar Hundekuchen entdeckte. So konnte er seine Weihnachtsfreude gleich mit seinem besten Freund teilen: mit dem kleinen Hund Lauser.

Ihr könnt euch sicher denken, dass die beiden an diesem Abend besonders glücklich und zufrieden eingeschlafen sind. Probiert haben Maik und Lauser die Süßigkeiten aber erst am nächsten Morgen. Und danach hat sich Maik gründlich die Zähne geputzt!

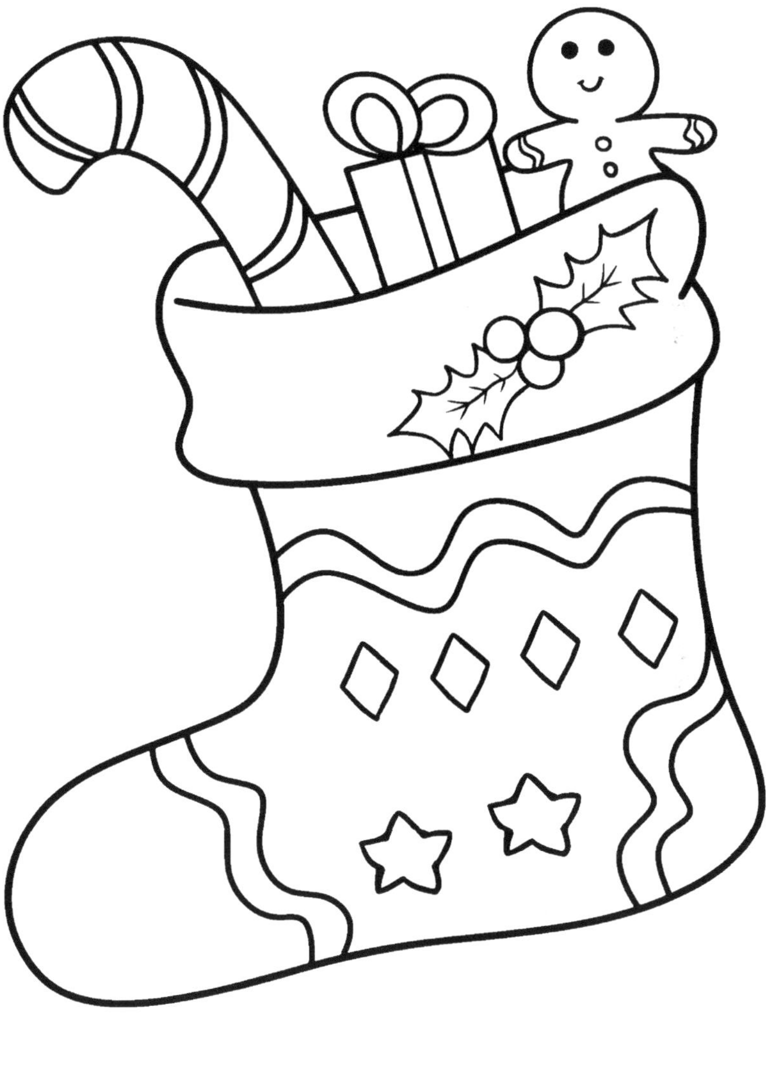

Die mutige Christbaumkugel

Christbaumkugeln pflegen eigentlich ein sehr entspanntes Leben. Sie hängen einfach so am Baum herum, glänzen und funkeln in den Tag hinein und lassen sich dann und wann ein wenig polieren. Und wenn dann endlich der Weihnachtsabend gekommen ist, dann strahlen sie im Licht der Kerzen und lassen sich bewundern. Vor allem von den Kindern, vor allem von euch.

Ja, und dann werden sie auch bald schon wieder eingepackt und irgendwo in einem dunklen Schrank verstaut, wo sie das Jahr über bleiben müssen, bis es wieder Weihnachtszeit ist. Und dann beginnt das Ganze von Neuem...

Da liegt es auf der Hand, dass Christbaumkugeln wenig von der Welt zu sehen bekommen. Sie werden von der dunklen Schachtel nach ihrem Frühlings-, Sommer- und Herbstschlaf erst im Winter ins Freie geholt und dann sofort an den Christbaum gehängt.

Wenn ihr schon einmal einen Weihnachtsbaum geschmückt habt, dann wisst ihr sicher, dass man beim Aufhängen der Kugeln darauf achten muss, dass der Ast für die Kugel stark genug ist. Ist das nämlich nicht der Fall, kann es leicht passieren, dass der Ast sich biegt und die Kugel abrutscht und zu Boden fällt. Im schlimmsten Fall kann die schöne Kugel dabei sogar zu Bruch gehen!

So etwas Ähnliches passierte einmal einer kleinen Christbaumkugel. Weil sie so klein war, hatte man sie an einen dünnen Ast gehängt. Aber die kleine und leichte Christbaumkugel war doch zu schwer für den dünnen Ast. Er bog sich, sie rutschte nach vorn, bis die Schlaufe, an der sie befestigt war, schließlich vom Ast glitt. Das war ein tiefer Fall!

Aber die kleine Christbaumkugel hatte Glück im Unglück: Zum einen war sie sehr leicht, zum anderen fiel sie direkt auf einen besonders weichen und flauschigen Teppich. Das bedeutete: Es passierte ihr nichts Schlimmes! Nur lag sie jetzt eben auf dem Boden und hing nicht mehr am Christbaum, wo sie eigentlich hingehörte.

Als die anderen Christbaumkugeln und das Lametta mitbekamen, was geschehen waren, machten sie einen gewaltigen Lärm. Alle riefen aufgeregt durcheinander und gaben der kleinen Kugel gute Tipps, wie sie es wohl schaffen könnte, wieder auf den Baum hinaufzukommen.

Eigentlich hätte die kleine Christbaumkugel einfach auf dem Boden liegenbleiben können. Irgendjemand hätte sie doch bestimmt aufgehoben und wieder an den Baum gehängt! Aber darauf wollte sich die kleine Kugel nicht verlassen. Vielleicht würde man sie übersehen, sie war ja so klein! Und dann würde vielleicht jemand auf sie treten und sie zerbrechen! Oder sie käme direkt wieder in die dunkle Schachtel und hätte am schönen Weihnachtsabend nicht am Baum mitfeiern dürfen!

Nein, für die kleine Christbaumkugel war die Sache klar: Sie musste wieder auf den Christbaum – so schnell wie möglich. Die Zeit drängte – denn die Weihnachtsfeier stand kurz bevor. Im Zimmer war schon alles gerichtet – da stand schon ein ganzer Tisch voller leckerer Köstlichkeiten für das Weihnachtsessen. Bald würden die Gäste kommen. Dann hätte sicher niemand mehr Augen für eine kleine Kugel auf dem Boden – alle würden nur den schönen Baum bewundern.

Zaghaft rollte die kleine Kugel ein wenig vor und ein wenig zurück. Sie versuchte, auch zu springen, aber das klappte nicht – schließlich ist eine Christbaumkugel kein Gummiball!

Nicht alle Tipps und Hinweise der anderen Christbaumkugeln waren wirklich hilfreich: „Bring ein paar von den Würstchen mit, wenn du wieder hochkommst!", rief eine besonders dicke und runde Christbaumkugel.

„Du bist eine Christbaumkugel! Du kannst keine Würstchen essen!", spottete das Lametta und wedelte fröhlich hin und her.

„Ich will aber Würstchen essen. Und auch einen Happen Kartoffelsalat!", beharrte die dicke Christbaumkugel.

„Dich haben sie wohl zu hoch gehängt!", kicherte das Lametta. „Du hast einen Höhenkoller!"

Die kleine Christbaumkugel ärgerte sich. Wie sollte sie denn Würstchen und Kartoffelsalat mit auf den Baum bringen? Sie hatte ja keine Hände und keine Taschen! Nur einen Aufhänger, und der störte schon genug beim Auf- und Abrollen.

Plötzlich wurde der Lärm am Weihnachtsbaum noch viel lauter, alle Kugeln, Holzengel und das Lametta schrien wild durcheinander. Die kleine Christbaumkugel auf dem Teppichboden hörte immer wieder Rufe wie „Vorsicht!" und „Pass auf!" heraus – aber sie wusste gar nicht, was das zu bedeuten hatte.

Da tauchte über ihr plötzlich ein gewaltiges Ungeheuer auf! Ein riesiges Maul, aus dem scharfe Zähne aufblitzten. Eine wilde Bestie drohte, der armen kleinen Christbaumkugel den Garaus zu machen!

„Miau", sagte die wilde Bestie. Es war die Hauskatze. Und ihr hättet das Maul wahrscheinlich gar nicht so groß gefunden, aber ihr seid ja auch viel größer als eine Christbaumkugel.

Die kleine Christbaumkugel hatte jedenfalls schreckliche Angst und rollte davon, so schnell sie konnte. Aber wenn ihr schon einmal eine Katze auf der Pirsch gesehen habt, dann wisst ihr auch, wie schnell eine Katze sein kann! Die kleine Christbaumkugel musste ihr ganzes Geschick aufbieten, um den flinken Pfoten der Katze zu entrinnen. Dabei hatte sie Glück, dass das kleine Kätzchen nur spielen wollte.

Trotzdem war die Lage, in der sich die kleine Christbaumkugel befand, alles andere als rosig. Wenn ihr nichts einfiel, dann war es nur eine Frage der Zeit, bis die Katze sie in die Pfoten bekam! Und diese Pfoten waren nicht nur samtweich – die besaßen auch ziemlich scharfe Krallen! Irgendwie schaffte es die kleine Kugel, unter dem Jubel ihrer Geschwister, die das Ganze aufgeregt vom Baum aus verfolgten, in die schmale Lücke zwischen Couch und Wohnzimmerwand zu kullern. Hier kam die Katze erst einmal nicht an sie heran, auch wenn sie es weiter versuchte und eifrig mit der Pfote schlug.

„Komm doch raus, du dumme Kugel!“, fauchte das Kätzchen. „Warum versteckst du dich? Ich will nur spielen!“

„Dein Spaß ist mein Ernst“, antwortete die kleine Christbaumkugel. „Ich bleibe lieber, wo ich bin!“

„Lass dich nur nicht einwickeln!“, rief das Lametta. „Das kleine Biest hat es faustdick hinter den spitzen Ohren!“

„Ich bin rund, aber nicht doof“, sagte die kleine Christbaumkugel.

Genau in diesem Augenblick betrat jemand das Wohnzimmer. Konnte das die freundliche Frau sein, die den Christbaum am Morgen geschmückt hatte? Das war doch eigentlich die Chance, auf sich aufmerksam zu machen! Wenn die kleine Kugel jetzt aus ihrem Versteck kam! Dann würde sie vielleicht entdeckt und wieder auf den Baum gehängt! Aber da war doch noch immer die Katze! Auf der anderen Seite – das Kätzchen konnte ihr vielleicht sogar helfen, wenn sie sich geschickt anstellte.

Die kleine Christbaumkugel nahm all ihren Mut zusammen und rollte hinter der Couch hervor. Die Katze konnte ihr Glück kaum fassen.

„Ja, bist du deppert!“, rief die große dicke Christbaumkugel. Sie war wohl ein bayerisches Modell. „Das Vieh hat dich gleich!“

Aber genau das hatte die kleine Christbaumkugel ja beabsichtigt! Denn als das Kätzchen die Kugel endlich in die Pfoten kam, machte sie dabei so einen Radau, dass die freundliche Frau auf sie aufmerksam wurde! „Was hast du denn?“, fragte sie und beugte sich zu der Katze hinüber. Als sie die Christbaumkugel sah, griff sie schnell danach. „Na, aber das ist doch eine Christbaumkugel! Die muss mir heruntergefallen sein. Die ist nichts für dich! Die gehört an den Weihnachtsbaum!“

Mit diesen Worten griff sie nach der Kugel und entwand sie sanft dem Kätzchen. Mit einem weichen Tuch polierte die freundliche Frau die kleine Christbaumkugel wieder zu altem Glanz und hängte sie unter dem großen Jubel der anderen Christbaumkugeln wieder an den Baum.

Nur die große dicke Christbaumkugel war etwas enttäuscht, weil es jetzt doch keine Würstchen und keinen Kartoffelsalat gegeben hatte. „Du musst einfach auch vom Baum fallen“, schlug ihr die kleine Christbaumkugel vor. „Und am besten landest du direkt im Kartoffelsalat! Da fällst du weich und kannst gleich probieren!“ Aber das traute sich die große Christbaumkugel dann doch nicht.

Als dann aber endlich der Weihnachtsabend begann und alle Kerzen des wunderschönen Christbaums angezündet wurden und ihr Licht sich in den glänzenden Christbaumkugeln spiegelte, da waren alle Christbaumkugeln glücklich. Und auch die kleine Katze kam nicht zu kurz: Alle Kinder spielten mit ihr, und sie durfte so richtig schön mit dem Geschenkpapier rascheln.

Das Weihnachtsmalheur

Ist euch beim Spielen schon einmal eine Hose oder ein Hemd gerissen? Je nachdem, wo die Hose reißt, kann das ganz schön peinlich werden. Da läuft man lieber schnell nach Hause, um sich eine neue Hose zu holen – und manchmal kann die Mama so ein Loch ja auch flicken.

Aber was macht eigentlich der Weihnachtsmann, wenn ihm an Heiligabend auf dem Weg zur Bescherung die Hose reißt? Ob er einen Weihnachtself mit Nadel und Faden dabei hat? Oder vielleicht eine Ersatzhose? Ihr müsst nur den kleinen Martin fragen, der weiß Bescheid. Denn der kleine Martin war dabei! Nein, nicht als dem Weihnachtsmann die Hose gerissen ist – aber doch immerhin der Mantel. Und das ist für den Weihnachtsmann ja schlimm genug.

Und das kam so: In der Weihnachtsnacht lag der kleine Martin zwar in seinem Bett, aber wie viele andere Kinder konnte er nicht einschlafen. Da hörte er plötzlich ein Rumpeln und Krachen – und dann schimpfte jemand ganz leise. Papa und Mama konnten es nicht sein, die lagen im Schlafzimmer und schnarchten um die Wette. War es vielleicht ein Einbrecher?

Tatkräftig sprang Martin aus dem Bett und nahm sich seinen Tennisschläger. Mit dem würde er dem Einbrecher drohen und ihn bestimmt vertreiben!

Vorsichtig lugte der kleine Martin um die Ecke in das Wohnzimmer. Und dann konnte er kaum glauben, was er da sah: Da stand ein großer Mann mit einem noch größeren Bauch und einem langen Rauschebart in einem roten Mantel mit weißem Pelzbesatz und schimpfte mit zwei kleineren Gestalten. Die beiden kleineren Gestalten waren noch seltsamer als der große Mann: Sie trugen wie dieser eine Zipfelmütze, nur waren ihre grün und nicht rot. Rot waren dafür ihre Haare, die lustig nach allen Seiten abstanden.

„Der Weihnachtsmann!", rief der kleine Martin laut. Er war so überrascht, dass er gar nicht daran dachte, dass man ihn entdecken könnte.

Der Weihnachtsmann und die beiden Weihnachtselfen – denn das waren die kleinen Gestalten – drehten sich erschrocken um.

„Da habt ihr es!", schimpfte der Weihnachtsmann. „Jetzt hat man uns auch noch entdeckt!"

„Das ist doch nur ein kleiner Junge!", rief einer der Weihnachtselfen.

„Vielleicht kann er uns helfen", meinte der andere.

„Ich helfe euch gerne!", sagte Martin. „Was soll ich tun?"

„Hast du einen großen roten Mantel?", fragte der eine Weihnachtself.

„Mit weißem Pelzkragen?", ergänzte der andere.

Martin schüttelte den Kopf. „Ich habe gar keinen Mantel. Nur eine Jacke."

„Das ist aber dumm", sagten die Weihnachtselfen und sahen traurig zu Boden. „Wir brauchen einen roten Mantel für den Weihnachtsmann."

„Aber der Weihnachtsmann hat doch schon einen Mantel!", erwiderte Martin verblüfft.

„Ja, von wegen!", knurrte der Weihnachtsmann. „Schau dir das nur mal an!"

Er zeigte Martin ein Stück des roten Mantels, das ganz eingerissen war. So konnte der Weihnachtsmann wirklich nicht herumlaufen!

„Das passiert immer wieder in diesen engen Kaminen", schimpfte der Weihnachtsmann. „Deshalb habe ich immer einen Ersatzmantel dabei. Aber heute haben diese zwei albernen Kerle hier einfach die falsche Größe eingepackt!"

„Es tut uns ja leid", piepste der eine Weihnachtself.

Martin nahm den kleinen roten Mantel, den einer der Weihnachtselfen über den Armen trug, in seine Hände und schlüpfte schnell hinein. „Mir passt der Anzug wie angegossen!", stellte Martin fest. Jetzt richteten sich drei Augenpaare erstaunt auf ihn.

„Sieht toll aus!", riefen die Weihnachtselfen. „Kannst du nicht die Bescherung übernehmen?"

„Aber klar!", rief Martin begeistert. „Ich wollte schon immer mal der Weihnachtsmann sein!"

„Man kann nicht so einfach Weihnachtsmann sein, auch nicht mit einem roten Mantel", brummte der Weihnachtsmann. „Weihnachtsmann sein ist eine sehr verantwortungsvolle Tätigkeit."

„Ach, es wäre doch nur für die nächsten paar Bescherungen", riefen die Weihnachtselfen. „Einer von uns bleibt hier und näht den kaputten Mantel. Der andere begleitet den Jungen und passt auf, dass er nichts falsch macht. Wenn der Mantel wieder heil ist, tauscht ihr einfach wieder die Rollen!"

„Aber das geht doch nicht!", brummte der Weihnachtsmann. „Das Kerlchen hat ja noch nicht einmal einen Bart!"

„Ach, das kriegen wir hin!", kicherten die Weihnachtselfen. „Wir haben doch hier noch irgendwo die Zuckerwatte... die pappen wir ihm als Bart ans Kinn. Ist selbstklebend. Er darf sie nur nicht aufessen!" Es kitzelte, als die beiden fröhlichen Gesellen ihm einen großen, klebrigen Bart aus süßer Zuckerwatte ans Kinn pappten. „Untersteh dich, deinen Bart aufzuessen, hast du gehört!", beschworen sie ihn dabei. Martin versprach es hoch und heilig.

Aber eine Sorge hatte er noch: „Aber was ist, wenn meine Eltern aufwachen?"

„Werden sie schon nicht", brummte der Weihnachtsmann. „Erwachsene wachen nie auf, wenn der Weihnachtsmann irgendwo auftaucht. Dafür sorgt der Weihnachtszauber. Nur Kinder können mich sehen. Gelegentlich."

Dann kam etwas Unangenehmes: Martin musste durch den engen und dunklen Kamin nach oben klettern. „Muss ich das wirklich?", fragte er die Weihnachtselfen. „Natürlich muss das sein! Willst du nun den Weihnachtsmann vertreten oder nicht? Was ein echter

Weihnachtsmann ist, der klettert durch den Kamin. Und pass auf die Zuckerwatte, äh, den Bart auf!“

Nur mit Müh und Not schaffte Martin es nach oben – und eigentlich auch nur, weil einer der Weihnachtselfen schob und drückte. Der andere blieb – wie besprochen – beim Weihnachtsmann und half diesem dabei, den Mantel zu nähen.

Auf dem Dach des Hauses stand der Schlitten. Davor warteten die Rentiere und scharrten schon ganz ungeduldig mit den Hufen. Sie waren natürlich sehr erstaunt, dass der Weihnachtsmann plötzlich so klein und dünn war und einen etwas sehr wattigen Bart trug, aber da er mit einem großen Geschenkesack und in Begleitung eines Weihnachtselfen erschien, dachten sie sich nichts weiter dabei, sondern erhoben sich folgsam in die Lüfte.

Martin jauchzte. Es war einfach großartig, durch die kalte Winternachtluft zu fliegen! Aber sofort fing er sich einen Rüffel von dem Weihnachtselfen ein: „Hörst du mit dem Geschrei auf! Der Weihnachtsmann ruft nicht Juhu, der Weihnachtsmann lacht Hohoho!“

„Hohoho!“, lachte Martin und gab sich redlich Mühe, seine Stimme möglichst tief klingen zu lassen.

Dann tauchte auch schon sein erster Kamin auf.

„Da geht's rein!“, rief der Weihnachtself. „Vergiss den Geschenkesack nicht!“

„Was soll ich den Kindern denn sagen? Muss ich ein Gedicht abfragen?“

„Ach was, die schlafen doch alle. Du musst nur die Geschenke unter den Baum legen. Achte auf die Namenszettel!" Der Weihnachtself hielt eine lange Liste in der Hand, die wie eine endlose Fahne hinter ihnen her wehte, so viele Namen standen darauf. „Hier sind es Annika und Timmy."

Martin schnappte sich den Sack und sprang mutig in den dunklen Kamin. Es klappte eigentlich ganz gut – er war ja viel kleiner und schlanker als der Weihnachtsmann. Dafür fehlte ihm allerdings auch ein wenig die Übung. Seine Augen gewöhnten sich erstaunlich schnell an die Dunkelheit. Er fand den Weihnachtsbaum im Handumdrehen und bettete sorgfältig die passenden Geschenke darunter. Dann kletterte er, so schnell er konnte, und beinahe geräuschlos den Kamin wieder nach oben.

Dort wurde er von dem begeisterten Weihnachtself empfangen. „Das hast du prima gemacht! Und weiter geht's!"

Martin kam ganz schön ins Schwitzen. Zum Ausruhen blieb ihm keine Zeit. Er hätte nie gedacht, dass der Job des Weihnachtsmannes so stressig sein würde. In den Filmen und Geschichten, die er kannte, wirkte alles immer so gemütlich. Aber da wurde ja auch immer nur eine einzige Bescherung gezeigt – aus der Perspektive der Beschenkten. Der Weihnachtsmann musste ja aber sensationell viele Kinder besuchen und beschenken!

Martin tat sein Bestes, aber er war dann doch froh, dass er nicht alle Geschenke selbst austragen musste. Schließlich flog der Schlitten mit dem Rentiergespann eine weite Schleife und näherte sich wieder dem kleinen Haus, in dem Martin mit seinen Eltern wohnte. Dort stand der Weihnachtsmann auf dem Dach und winkte. Sein roter Mantel sah wieder wie neu aus – der fleißige Weihnachtself hatte gute Arbeit geleistet.

Beinahe lautlos landete der Schlitten vor dem Weihnachtsmann. Der tätschelte seinen Rentieren die Köpfe. Müde, aber sehr glücklich streifte sich Martin den Anzug des Weihnachtsmannes ab und wollte ihn den Weihnachtselfen zurückgeben.

„Du kannst ihn behalten“, kicherten die Weihnachtselfen. „Als Erinnerung. Nur den Bart, den kannst du jetzt aufessen. Aber putz dir danach die Zähne!“

„Vielen Dank für deine Hilfe!“, sagte der Weihnachtsmann zu Martin. „Du warst ein großartiger Ersatz. Ich habe dir ein paar Kleinigkeiten dagelassen. Fröhliche Weihnachten, Martin!“

„Fröhliche Weihnachten, Weihnachtsmann!“, rief Martin und winkte mit beiden Armen, als der Schlitten mit dem Weihnachtsmann vom Dach abhob und am nächtlichen Winterhimmel verschwand.

Erst, als der Schlitten wirklich nicht mehr zu sehen war, rutschte er ein letztes Mal durch den Kamin und fühlte sich noch einmal ein bisschen wie der Weihnachtsmann. Als er im Wohnzimmer aus dem rußigen Schacht krabbelte, konnte er den Weihnachtsbaum kaum erkennen: Da türmte sich ein riesiger Berg an Weihnachtsgeschenken vor ihm auf! So viele Geschenke hatte er noch in keinem Jahr bekommen! Der Weihnachtsmann musste ihm wirklich sehr dankbar sein.

Aber das schönste Geschenk war ganz ohne Zweifel gewesen, dass Martin selbst für ein paar Stunden der Weihnachtsmann hatte sein dürfen.

„Hohoho!", lachte er mit seiner tiefsten Stimmlage vor sich hin. Und dann fiel er todmüde in sein Bett und schlief ein. Den Anzug des Weihnachtsmanns hielt er in den Armen. Und den Bart aus Zuckerwatte – den hatte er einfach vergessen. Da würden sich die Eltern morgen schön wundern!

Der schäbige Schneemann

Bestimmt wisst ihr, was ein Schneemann ist! Aber habt ihr auch schon einmal selbst einen gebaut? Das ist gar nicht so einfach, denn die meiste Zeit über fehlt eine ganz entscheidende Zutat, die man für das Bauen eines Schneemannes braucht: Schnee.

Die Kinder in einer kleinen Stadt konnten ihren Augen kaum trauen, als es eines schönen Tages wirklich zu schneien begann. Schnee war bei ihnen eine Ausnahme. Und so rannten sie nach der Schule alle begeistert nach draußen, um Schneemänner zu bauen. Schneemänner, die sie bislang nur aus Geschichten und von Bildern kannten!

Sie wollten eine ganze Armee von Schneemännern bauen, aber dafür reichte die Zeit leider nicht. Denn sie mussten am Abend ja pünktlich zum Abendessen zu Hause sein! Deshalb wurde der letzte Schneemann, den sie bauten, auch nicht ganz fertig. Und im Vergleich zu den anderen Schneemännern, die die Kinder an diesem schönen Nachmittag gebaut hatten, sah er doch sehr mickrig aus. Er hatte noch nicht einmal einen Schal und einen Hut bekommen. Aber wenigstens zwei Augen aus Kohlestücken und einen Mund aus Kieselsteinen hatten sie ihm noch gemacht. Aber eine Karottennase hatten sie nicht mehr für ihn gehabt.

„Sei nicht traurig“, sagten die Kinder zu dem kleinen, unfertigen Schneemann. Morgen früh kommen wir wieder und bauen dich zu Ende! Dann bringen wir dir auch eine Nase mit!"

Als die Kinder gegangen waren, begannen die anderen Schneemänner, ihren Schabernack mit dem kleinen Schneemann zu treiben. „Kleiner Schneemann Nasenlos!", riefen sie ihn. Da war der kleine Schneemann sehr traurig, aber was hätte er sagen sollen? Er besaß ja wirklich keine Nase.

Und weil Schneemänner keinen Schlaf brauchen, musste sich der arme kleine Schneemann Nasenlos doch wirklich die ganze Nacht über den Spott seiner Brüder anhören. Nein, das war nicht sehr nett und entsprach überhaupt nicht dem Geist von Weihnachten! Der kleine Schneemann konnte es überhaupt nicht erwarten, bis endlich die Sonne wieder aufging, damit die Kinder kämen und ihn endlich zu Ende bauten!

Aber die Sonne ging nicht auf. Und die Kinder kamen nicht. Am frühen Morgen hatte sich nämlich der Himmel bewölkt, und die Sonnenstrahlen drangen nicht durch die dicken Wolken hindurch. Und dann begann es auch noch zu nieseln! Es war nur ein ganz leichter Regen, aber er genügte, um den Schnee zumindest teilweise in einen nassen Matsch zu verwandeln. Bei diesem Wetter kamen die Kinder natürlich nicht zum Spielen! Da blieben sie lieber in ihren warmen und trockenen Wohnungen.

„Heute ist Weihnachten!", sagten die anderen Schneemänner. „Wenn die Kinder heute Morgen nicht kommen, dann kommen sie überhaupt nicht. Dann bleibst du Schneemann Nasenlos!" Und dann lachten sie alle.

Dem kleinen Schneemann Nasenlos wurde ganz anders um sein Schneemannherz. Wenn heute wirklich Weihnachten war, dann würde natürlich kein Kind mehr kommen! Selbst wenn das schlechte Wetter nachließe, selbst wenn es noch schneien sollte – er würde trotzdem Schneemann Nasenlos bleiben. Da wurde der kleine Schneemann noch trauriger, als er es ohnehin schon war.

Es tröstete ihn auch nicht, dass am Mittag die Sonne wirklich kurz durch die Wolken brach und der Nieselregen verebbte. Es wurde auch immer kälter, so dass am Nachmittag, als die Wolken wieder dichter wurden, nicht Regentropfen, sondern Schneeflocken auf die Erde fielen. Aber was nützte das dem kleinen Schneemann? Er hatte immer noch keine Nase und war von mickriger Gestalt.

Immerhin: Die anderen Schneemänner hatten damit aufgehört, ihn zu verspotten. Der Nieselregen hatte ihnen nämlich arg zugesetzt, und sie sahen jetzt selbst nicht mehr besonders schön aus. Die meisten von ihnen wirkten im Gegenteil arg kümmerlich!

Das versprach, ein sehr trauriges Weihnachtsfest zu werden für die armen Schneemänner. Aber da geschah etwas, womit sie alle nicht gerechnet hätten: Ein kleines Mädchen kam des Weges. Es sah ein bisschen gelangweilt und traurig aus und trug einen Rucksack auf dem Rücken. Vor dem Schneemann Nasenlos blieb es stehen.

„Du siehst aber komisch aus", sagte das kleine Mädchen zu dem Schneemann. „Irgendwie fehlt dir so einiges."

„Ich weiß“, antwortete der Schneemann traurig. „Deshalb nennt man mich auch den Schneemann Nasenlos. Was machst du denn hier? Heute ist doch Weihnachten!“

„Ich heiße Katja“, sagte das Mädchen. „Meine Mama arbeitet im Krankenhaus, deshalb feiern wir immer etwas später Weihnachten. Ich bin jetzt ganz allein und weiß nicht, was ich tun soll. Alle meine Freunde sind jetzt bei ihren Familien und keiner will mit mir spielen.“

„Du könntest einen Schneemann bauen!“, schlug der Schneemann Nasenlos begeistert vor. „Oder besser: einen Schneemann fertigbauen!“

Katja kicherte. „Du bist ja ein Schlitzohr, Schneemann Nasenlos. Aber lass mal schauen, was ich aus dir machen kann. Schnee hat es hier ja mehr als genug!“

Katja gab sich alle Mühe, und am Ende sah der kleine Schneemann Nasenlos so rund und weiß aus, wie es nur ein richtiger Schneemann kann. Nur die Karottennase, die fehlte noch. Aber da zog Katja eine kleine Box aus ihrem Rucksack. Darin befand sich ein mit Käse, Tomate und Salat belegtes Vollkornbrot – und eine Karotte! Die Karotte steckte Katja dem kleinen Schneemann Nasenlos mitten in sein kugelrundes weißes Gesicht. Der Schneemann strahlte wie ein Schneekönig!

Die anderen Schneemänner schauten jetzt ganz kleinlaut und neidisch zu ihrem jüngsten Bruder herüber. Sie waren durch das Wetter arg mitgenommen und sahen jetzt viel hässlicher aus als er. Aber der kleine Schneemann war nicht nachtragend: „Wenn du noch ein bisschen Zeit hast, Katja, kannst du dann nicht auch meine Brüder noch herrichten?“

Katja nickte. „Ich habe noch eine Menge Zeit", sagte sie, aber sie klang dabei nicht so traurig wie zuvor.

Die anderen Schneemänner konnten ihr Glück gar nicht fassen, als Katja damit begann, sie einen nach dem anderen mit Schnee wiederherzurichten. Weil sie überall nur kleine Ausbesserungsarbeiten vornehmen musste, schaffte sie es tatsächlich ganz allein, alle Schneemänner wieder kugelrund und gesund aussehen zu lassen. Bald fingen die ersten Schneemänner an, vor Freude zu singen, und nach und nach fielen alle anderen Schneemänner ein. Und weil sie lauter Weihnachtslieder sangen, die Katja gut kannte, sang sie einfach mit.

So feierten die Schneemänner und Katja ein wunderschönes Weihnachtsfest. Und als Katja schließlich nach Hause ging, um mit ihrer Familie Weihnachten zu feiern, da feierten auch die Schneemänner einfach weiter. Und am fröhlichsten feierte der kleine Schneemann, der jetzt nicht mehr Nasenlos hieß – einfach, weil er eben nicht mehr nasenlos war.

Der gebrochene Lebkuchenmann

Zu den beliebtesten Weihnachtsleckereien zählen ganz sicher die Lebkuchen. Manchmal geben sich die Bäcker besondere Mühe und backen nicht nur einen einfachen Lebkuchen, sondern gleich einen richtigen Lebkuchenmann. Und wenn sie nicht achtgeben, dann kann es passieren, dass so ein Lebkuchenmann einfach vom Blech hüpft und sich davonmacht.

Aber eigentlich tun Lebkuchenmänner so etwas nicht. Lebkuchenmänner kennen nämlich eigentlich nur eine Berufung: Sie wollen lecker sein und am Weihnachtsabend bis auf den letzten Krümel aufgegessen werden! Ja, das findet ihr vielleicht komisch, aber ihr seid ja auch keine Lebkuchen! Das Schlimmste, was einem Lebkuchenmann widerfahren kann, ist: nicht gegessen zu werden!

Und genau dieses Schicksal drohte dem Lebkuchenmann Lutz. Lutz war nämlich schrecklich neugierig. Und weil er ohnehin am Rand des heißen Backblechs lag, das die Mama zum Abkühlen auf den Küchentisch gestellt hatte, wollte er einmal einen Blick riskieren, was so alles um ihn herum passierte. Er streckte sich also über den Blechrand hinaus und spähte in die Ferne.

Und da passierte das Unglück: Während sich Lutz so über das Backblech hinausstreckte, verlor er plötzlich das Gleichgewicht und fiel zu Boden! Das tat vielleicht weh! Nun halten zwar Lebkuchenmänner so einiges aus, aber es kann immer passieren, dass ein Stück vom

Lebkuchen abbricht. Und genau das war dem armen Lutz passiert: Fassungslos blickte er auf sein linkes Bein, das neben ihm lag und nicht mehr mit seinem Körper verbunden war!

„Was soll ich denn jetzt machen?", jammerte Lutz. „So will mich doch kein Kind mehr aufessen!"

Die anderen Lebkuchenleute – denn neben den Lebkuchenmänner waren auch ein paar Lebkuchenfrauen dabei – hatten alle großes Mitleid mit dem gebrochenen Lutz. Und für sie war klar: Dem armen Lutz musste geholfen werden! Aber wie konnten sie das anfangen? Sie waren ja selbst alle miteinander nur Lebkuchen!

„Wir müssen zusammenarbeiten. Wenn wir Hand in Hand arbeiten, dann sind wir zusammen fast so groß wie ein Mensch!", erklärte die Lebkuchenfrau Lotte.

„Aber wir müssen warten, bis die Küche leer ist! Wenn man uns erwischt, müssen wir alle in die dunkle Keksdose! Und den Deckel kriegen wir nicht auf!", riefen die anderen Lebkuchenleute.

Das wollten nun natürlich alle Lebkuchenmänner und Lebkuchenfrauen gerne vermeiden. Also warteten sie, bis das ganze Haus ruhig und still war und auch der letzte Bewohner schlafen gegangen war. Aber dann begannen sie eine rege Betriebsamkeit! Sie sprangen von dem Blech, sehr vorsichtig, damit nicht noch ein Lebkuchen zu Bruch ging, und gingen ans Werk.

Dabei mussten sie natürlich gut zusammenarbeiten: Um an die Schränke mit den Zutaten zu gelangen, kletterten sie einfach übereinander und bildeten eine

Lebkuchen-Leiter. Auf diese Weise kamen sie auch an den Kochlöffel und an die Töpfe. So mischten sie eine kleine Menge Teig zusammen und kneteten diese mit vielen kleinen Lebkuchenhänden zu einer brauchbaren Form.

Der arme Lutz hatte natürlich auf seinem Platz bleiben müssen. Er konnte sich mit seinem gebrochenen Bein ja nicht bewegen! Er hatte keine Ahnung, was die anderen Lebkuchenleute da in der Küche so trieben. „Was macht ihr denn da?", rief er den anderen Lebkuchenleuten zu. Aber die kicherten nur verschwörerisch und antworteten: „Warte es ab! Lass dich überraschen!"

Lutz platzte beinahe vor Neugier! Er bekam mit, wie die anderen Lebkuchenleute unter großem Hallo etwas in den Backofen schoben, aber er konnte einfach nicht erkennen, was es war! Dann warteten alle auf das Ende der Backzeit. Dabei wurden, so gut es ging, die Spuren der nächtlichen Backerei beseitigt. Endlich schrillte der Wecker – das Zeichen dafür, dass das Backwerk fertiggebacken war.

Die Lebkuchenleute jubelten, als sie ihr Werk in Augenschein nahmen. Dann kamen sie alle in feierlicher Prozession zu dem armen Lutz und überreichtem ihm – eine Krücke! Sie hatten dem kleinen Kerl eine Krücke aus Lebkuchen gebacken und diese noch schön mit einer Glasur versehen, damit sie auch wirklich einen festen Halt bot. Außerdem sah sie so noch sehr schön aus.

Lutz konnte sein Glück kaum fassen! Die Krücke passte wunderbar. Er konnte endlich wieder aufstehen und herumlaufen! Und er sah auch nicht mehr so schrecklich lädiert aus wie zuvor! Jetzt brauchte er vor dem Weihnachtsabend bestimmt keine Angst mehr zu haben. „Danke!“, rief Lutz überglücklich. „Danke euch allen!“

Lutz war mit seiner Krücke natürlich die unbestrittene Attraktion am Weihnachtsabend. Alle Kinder rissen sich darum, ein Stück von ihm zu bekommen – und er wurde von allen Lebkuchen zuerst aufgegessen, bis auf den letzten Krümel. Und für Lebkuchenleute ist es sehr wichtig, dass sie an Weihnachten aufgegessen werden. Denn nur ein Lebkuchenmann, der restlos aufgegessen wird, wird zum nächsten Weihnachtsfest auch wieder gebacken werden.

Der einsame Eisbär

Eisbären sind nicht gerade bekannt dafür, dass sie in Herden leben. Man sieht selten mehr als ein oder zwei – die weißen Bären sind Einzelgänger und machen sich nichts daraus. Aber so ganz allein – das ist so manchem Eisbär dann doch zu viel. So ging es zum Beispiel dem kleinen Eisbärenjungen Emil. Aber der Reihe nach.

Emil wurde in einem Zoo geboren. In einem Zoo, der schon jede Menge Eisbären hatte. Es waren viel zu viele Eisbären für das kleine Eisbär-Gehege. Emil selbst fand das nicht so schlimm, denn er war ja noch klein und freute sich über die Gesellschaft der älteren Eisbären und der anderen Eisbärenjungen, mit denen er spielen konnte.

Aber eines Tages schlief er ein, und er schlief seltsamerweise besonders tief und fest. Und er träumte dabei ganz seltsam, als ob man ihn in eine Kiste legte und mit einem brummenden Gefährt durch die Lüfte transportierte. Und als er schließlich wieder erwachte, war es um ihn herum viel kälter. Überall lag Schnee, er sah die Gebäude des Zoos nicht mehr und da waren auch keine Menschen. Wo war er bloß? Es gab auch keine Eisbären.

Zaghaft tapste er ein wenig auf und ab, aber er fühlte sich noch sehr müde und schwach auf den Beinen. Alles um ihn herum wirkte fremd – aber doch auch richtig und vertraut, so kalt und so weiß. Wenn er nur einen anderen Eisbären treffen würde, den er fragen könnte! Wo waren seine Spielkameraden alle hin?

Da hörte er ein fröhliches Getröte, das er aus dem heimatlichen Zoo kannte. Das hörte sich an wie die Pinguine aus dem Nachbargehege! Die konnten ihm bestimmt weiterhelfen! Und richtig, da kamen auch schon zwei große Pinguine in ihren schwarzen Fräcken über die weiße Böschung gewatschelt. Sie schienen außerordentlich guter Dinge zu sein.

„Hallo ihr!", rief Emil ihnen zu. „Wisst ihr, was hier passiert ist? Wo sind denn alle?"

Die Pinguine blickten erstaunt auf den Sprecher.

„Hört ihr?", rief der eine Pinguin. „Das ist doch wirklich und wahrhaftig ein Eisbär!"

„Natürlich bin ich ein Eisbär", antwortete der kleine Emil missmutig. „Was soll ich denn sonst sein?"

„Ein Pinguin, natürlich!", antwortete der andere Pinguin. „Weißt du nicht, dass wir hier am Südpol sind? Hier gibt es nur Pinguine! Eisbären leben am Nordpol. Eisbären und Pinguine begegnen sich nie! Ich bin übrigens Peter – und das ist mein Bruder Paul."

„Ich heiße Emil, sehr angenehm. Und woher weißt du, dass ich ein Eisbär bin, wenn du noch nie einen getroffen hast?", wollte Emil wissen.

„Na, aus dem Fernsehen", erwiderte Peter. „Da sieht man ständig Leute, die man nicht trifft."

„Was ist denn Fernsehen?", fragte Emil.

„Ein Fernseher ist so ein kleines Bild zum Hinstellen. Da kann man Sachen drin sehen, die eigentlich gar nicht da sind, sondern eigentlich woanders – und die bewegen sich sogar und machen lustige Geräusche. Oben in der Forschungsstation haben sie so was."

„Und was ist eine Forschungsstation?"

„Das ist ein Haus, in dem Forscher sitzen. Forscher sind Menschen, die eine bestimmte Sache besonders gut kennenlernen wollen. Diese Sache erforschen sie."

„Und was erforschen die Forscher da oben in dem Haus?"

„Na uns natürlich! Es sind Pinguinforscher. Sie freuen sich immer, wenn sie uns sehen.“

„Aber sie füttern uns nicht!“, beschwerte sich Paul. „Sie sagen, das sei nicht artgerecht und wir müssten uns unsere Fische selbst fangen. Ist das nicht gemein?“

„Bringen euch die Wärter denn kein Futter mehr?“, fragte Emil erstaunt.

„Am Südpol gibt es doch keine Wärter! Wärter gibt es nur im Zoo. Und bevor du fragst: Den Zoo kennen wir auch aus dem Fernsehen“, erklärten die Pinguine.

„Aber sind wir hier denn nicht mehr im Zoo?“, fragte Emil überrascht.

Die Pinguine sahen ihn missbilligend an. „Hörst du denn gar nicht zu, wenn man mit dir redet? Wir sind hier am Südpol – so wie es sich für anständige Pinguine gehört. Was du allerdings hier zu suchen hast, das ist uns ein Rätsel.“

„Mir auch“, sagte Emil. „Bis gerade eben war ich nämlich noch im Zoo.“

„Das ist aber wirklich seltsam. Weißt du was? Wir gehen jetzt alle zur Forschungsstation. Die Menschen dort sind alles kluge Köpfe, die wissen bestimmt Bescheid. Dann können wir auch ein bisschen fernsehen. Wir schauen so gern fern, weißt du.“

„Sie füttern euch nicht, aber sie lassen euch fernsehen? Ist das denn artgerecht?“

„Wir haben eine Abmachung: Die Menschen dürfen uns studieren, und wir dürfen dafür die Menschen studieren. Und die Menschen studiert man am besten durchs Fernsehen“, erklärte Peter.

„Dürfen wir auf dir reiten?“, fragte Paul.

Emil kicherte. „Von mir aus“, sagte er. „Für zwei so kleine Kerle wie euch bin ich allemal kräftig genug.“

„Juhu, wir sind die ersten und einzigen Pinguine der Welt, die auf einem Eisbären reiten!“, jubelte Peter, als die beiden Pinguine auf Emils Rücken kletterten.

Dann ging es los. Die Pinguine dirigierten, und Emil lief in die angegebene Richtung. Es dauerte gar nicht lange, und es tauchten ein paar Gebäude auf. Da sie auch ganz weiß angestrichen waren, konnte man sie kaum von den Schneefeldern unterscheiden. Vor dem Gebäudekomplex stand eine große, hagere Frau mit einer riesigen Brille, die an einer Art Antenne herumschraubte.

„Das ist die Stationsleiterin. Sie heißt Frau Doktor Veronika Vogelschau, aber wir nennen sie einfach Vroni. Huhu, Vroni!“

Die Frau wollte gerade fröhlich mit ihrem Schraubenschlüssel winken, als sie sah, wen Peter und Paul mitgebracht hatten.

„Du meine Güte, das ist ja ein Eisbär! Das kann doch gar nicht sein! Ein Eisbär! Am Südpol!“, rief Frau Doktor Vogelschau und wackelte so aufgeregt mit ihrer Nase, dass ihre Brille große Sätze nach vorn machte. Emil fürchtete schon, die Gläser würden ihr gleich herunterfallen. Aber die Forscherin merkte es noch rechtzeitig und schob ihre Sehhilfe wieder nach hinten.

„Das ist unser Freund Emil. Und Emil ist wirklich ein Eisbär", erklärten Peter und Paul stolz.

„Eine Sensation! Eine echte Sensation!", rief die Wissenschaftlerin. „Wir haben den ersten Eisbären am Südpol entdeckt! Ich werde berühmt!"

„Kommst du dann ins Fernsehen?", wollten Peter und Paul wissen. Das Thema war ihnen offenbar wichtig.

„Bestimmt! Der erste Eisbär am Südpol! Das hat es ja noch nie gegeben!"

„Eigentlich lebe ich mit anderen Eisbären in einem Zoo", sagte Emil kleinlaut. „Ich habe keine Ahnung, wie ich an den Südpol komme."

„Im Zoo?" Die Forscherin sah plötzlich sehr enttäuscht aus. „Du bist ein Eisbär aus dem Zoo? Wie kommst du denn dann hierher?"

„Ich weiß es nicht. Ich habe gut geschlafen, und als ich wieder aufgewacht bin, da sah mein Gehege aus wie der Südpol."

„Oha", sagte die Frau Doktor. „Da kommt mir aber ein unangenehmer Verdacht. Ich fürchte fast, dann wird es doch nichts mit dem ersten Eisbären am Südpol. Ich muss mal telefonieren."

„Können wir mitkommen? Wir zeigen Emil das Fernsehen!", riefen Peter und Paul begeistert.

„Von mir aus", sagte Frau Doktor Vogelschau. „Aber macht nicht wieder so einen Lärm."

„Wir doch nicht!"

Emil staunte sehr über das, was ihm die beiden Pinguine zeigten. In dem kleinen Kasten passierte ja dauernd etwas anderes! Immer, wenn Peter oder Paul einen der Knöpfe drückten, wechselte das Bild. Da gab es kleine Leute, die über einen grünen Rasen rannten und sich einen winzigen Punkt mit den Füßen zuschubsten. Da gab es Männer, die aus Flugzeugen sprangen, Frauen, die irgendwelche Sachen von Zetteln ablasen, Autos, die um die Wette fuhren. Aber irgendwie fand er das alles doch nicht so spannend wie die Pinguine. Viel lieber wäre er wieder nach draußen gegangen, wo die Luft so herrlich kalt und würzig nach Winter roch und der Schnee ihm die Tatzen kühlte. Hier drin war es ihm eigentlich viel zu warm.

„Am liebsten schauen wir Werbung für Eiscreme", sagten Peter und Paul.

„Das ist ja wohl die Höhe! Das ist überhaupt nicht zu fassen! Das ist ein Skandal! Jawohl!", schimpfte Frau Doktor Vogelschau. Mit zornesrotem Kopf stampfte sie in das Zimmer.

Peter und Paul schauten neugierig auf. „Was ist denn los, Doc Vroni?"

„Armer Kerl", sagte Frau Doktor zu Emil. „Du sollst ausgewildert werden. Also: freigelassen."

„Das ist doch toll", befanden Peter und Paul. „Alles supi, oder?"

„Nichts ist supi", schnarrte Frau Doktor. „Er sollte natürlich am Nordpol freigelassen werden. Nicht am Südpol! Am Nordpol gibt es eine Eisbärforschungsstation. Die leitet Doktor Bärenfreund, ein sehr geschätzter Kollege von mir. Er ist ganz außer sich, weil der Pilot falsch abgebogen ist. Hat der Kerl doch einfach Nordpol und Südpol verwechselt."

Die Pinguine kugelten sich vor Lachen. Emil war sich nicht sicher, ob er das wirklich lustig fand. „Und was machen wir jetzt?", fragte er. Er fühlte sich ein wenig traurig.

„Na, du bleibst natürlich hier!", riefen die Pinguine. „Dann können wir jeden Tag zusammen fernsehen!"

„Ach, schämt euch, ihr seid völlig aus der Art geschlagen! Pinguine sollten Fische fangen und Eier legen!", schimpfte Veronika Vogelschau. „Aber ganz bestimmt sollten sie nicht den ganzen Tag vor dem Fernseher sitzen."

„Machen wir doch gar nicht!", protestierten Peter und Paul. „Aber was wird jetzt aus Emil?"

„Emil muss zum Nordpol. Ich habe den Piloten schon angerufen und ihn kräftig zusammengestaucht. Es tut ihm alles sehr leid und er kommt, um dich zu holen, Emil!"

„Oooch", sagten Peter und Paul enttäuscht. „Wir hätten Emil so gern behalten. Reiten auf einem Eisbären ist fast so gut wie fernsehen."

Aber da ließ Frau Doktor Vogelschau nicht mit sich reden. Und so sehr Emil die beiden Pinguine auch mochte – er wollte eigentlich schon sehr gerne wieder andere Eisbären sehen. So war er sehr gespannt, als der Hubschrauber endlich kam – mit einer riesigen Kiste, die an einer Kette unter dem Cockpit hing.

„Da musst du rein!", sagte Frau Doktor Vogelschau und tätschelte Emil zum Abschied den Kopf. „Ich wünsche dir alles Gute am Nordpol, du kleiner Kuschelbär! Grüß meinen Kollegen, Dr. Bärenfreund, wenn du ihn siehst!"

In der Kiste war es warm und gemütlich. Alles war mit weichem Stroh ausgepolstert, und es gab sogar ein kleines Fenster, damit Emil während des Fluges nach draußen schauen konnte. Außerdem gab es da noch jede Menge Eisbrocken, die ihn während des Fluges schön kühl halten sollten. Emil hatte also gar keine Angst und kletterte unverzagt hinein. Die Pinguine winkten fröhlich mit ihren Flossen zum Abschied.

„Tschüss, Emil, mach's gut!", rief Peter.

„Schick uns mal eine Postkarte!", rief Paul.

Emil wusste nicht, wie lange er geflogen war. Er war zwischendurch einfach eingeschlafen. Schließlich hatte er ja einen anstrengenden Tag hinter sich! Hin und wieder schaute er aus dem Fenster und staunte, was es da draußen alles zu sehen gab. Da waren manchmal nur Bäume zu sehen, und dann wieder nur gelber

Wüstensand. Da wurde es richtig warm im Inneren der Kiste, und das Eis begann zu schmelzen.

Emil fand das sehr unangenehm und war froh, als ihn wieder ein frischer Wind umwehte. Und richtig glücklich war er, als ihm wieder der unverwechselbare Geruch von kaltem Eis in die Nase stieg. Rasch schaute er aus dem Fenster, und richtig: Da war ja endlich wieder alles weiß! Eigentlich sah es aus wie am Südpol. Konnte es wirklich der Nordpol sein? Oder war der Hubschrauber vielleicht aus Versehen nur im Kreis geflogen?

Fast traute sich Emil gar nicht, seine Kiste zu verlassen. Am Ende würde er wieder einsam im Schnee festsitzen. Aber was war das? Hatte sich da nicht der Schnee bewegt? Etwa ein Erdbeben? Dann sollte er wohl besser in der Kiste bleiben. Aber nein – das war kein Erdbeben, und es war auch nicht der Schnee, der sich da bewegte: Das war doch ein Eisbär! Nein, sogar zwei Eisbären. Wirklich und wahrhaftig zwei Eisbären!

„Na, was ist jetzt da unten?", rief ihn der Pilot über Lautsprecher. „Willst du jetzt bald mal aussteigen und deine Familie begrüßen? Und es tut mir wirklich leid, dass ich dich erst falsch abgesetzt habe."

Das ließ sich Emil nicht zweimal sagen! So schnell er konnte, flitzte er nach draußen! Die anderen Eisbären, die viel größer waren als er, freuten sich und begrüßten den kleinen Neuankömmling herzlich. Emil war sehr glücklich. Zusammen marschierten sie zu der Eisbärenforschungsstation, wo Herr Doktor Bärenfreund schon sehnsüchtig auf Emil wartete, um ihm alles zu erklären, was er als freier Eisbär in der Wildnis wissen musste. Nur Pinguine, die gab es nicht – und ein kleines bisschen war Emil traurig, dass er seine Freunde Peter und Paul nicht mehr sehen konnte. Aber er würde ihnen bestimmt eine Postkarte schicken – vielleicht zu Weihnachten.

Die wackere Winterwolke

Ist euch auch schon einmal aufgefallen, dass es immer seltener schneit? Viele Menschen bekommen keine weiße Weihnacht, obwohl sie sich das sehr wünschen. Habt ihr euch schon einmal gefragt, warum das so ist? Ihr könntet die kleine Winterwolke Willi fragen, die kennt die Antwort. Das hat damit zu tun, dass es den Winterwolken an Nachwuchs fehlt. Wenn Winterwolken alt werden, dann geht ihnen nämlich der Schnee aus – so, wie alte Menschen auch müde werden und nicht mehr so kräftig sind wie junge Menschen.

In dem Land, in dem die kleine Winterwolke Willi lebte, gab es viele alte Wolken, die zu alt und zu müde waren, um es schneien zu lassen. Willi war tatsächlich die einzige junge Wolke, die noch Schneeflocken hervorbringen konnte – aber allein konnte diese kleine Wolke ja unmöglich das ganze Land mit Schnee versorgen! Und das, obwohl der Winter bereits begonnen hatte und Weihnachten vor der Tür stand!

Willi war sehr ratlos und auch ein wenig traurig. Was sollte er nur tun? Gedankenverloren schwebte er vor sich hin und grübelte. Aber es wollte ihm einfach keine Lösung einfallen! Er konnte sich ja nicht einfach verdoppeln. Außerdem hätte das gar nicht gereicht, er hätte sich schon verdreifachen, nein vervierfachen, ach was: vervielfachen müssen. Es brauchte viele kleine Winterwolken, um das Land mit Schnee zu bedecken, wie es sich für einen richtigen Weihnachtswinter gehörte.

Als er eine Weile still grübelnd geflogen war, wurde er plötzlich durch wildes Geschrei aus seinen Gedanken gerissen. Urheber des Lärms war eine Schar böse schnatternder Graugänse. Sie schienen sich über irgendetwas sehr zu ärgern. Willi wunderte sich, die Gänse zu sehen – schließlich waren es Zugvögel, die im Winter ihre Heimat verließen, um im sonnigen Süden Urlaub zu machen.

„Was macht ihr denn hier?“, fragte Willi. „Müsstet ihr nicht schon längst im warmen Süden sein?“

„Müssten wir“, antworteten die Gänse. „Aber diese Lümmel da sind schuld daran, dass wir nicht weiterkommen und hier festhängen.“

Die Lümmel, das waren ein paar junge Wolken, die offenbar einen Überschuss an Kraft besaßen. Ständig versperrten sie den armen Vögeln den Weg und ließen Schnee und Eisregen niedergehen, so dass an einen Weiterflug nicht zu denken war.

„Schämt euch! Habt ihr nichts Besseres zu tun, als hier armen Vögeln das Leben schwer zu machen?“, schimpfte Willi.

„Nein, haben wir nicht!“, grölten die jungen Winterwolken. „Hätten wir aber gern!“

„Warum schneit ihr nicht einfach ordentlich die Landschaft ein, wie es sich im Winter gehört?“, fragte Willi.

„Schau dich um“, seufzten die jungen Wolken. „Hier gibt es so viele alte Wolken, dass wir einfach nicht gebraucht werden. Die wollen alles selbst einschneien – so, wie sie das von früher kennen. Für uns gibt es hier nichts zu tun. Uns ist schrecklich langweilig. Da ärgern wir eben ein paar Gänse.“

Da kam Willi eine Idee. Eine sensationell gute Idee, wie er selbst fand. „Warum kommt ihr nicht einfach mit zu mir? Bei mir sind die alten Wolken so alt, dass sie nicht mehr richtig schneien können. Und ich kann allein nicht genügend Schnee hervorbringen. Wir würden uns alle über Hilfe freuen!“

Da wurden die jungen Wolken ganz aufgeregt. „Ist das wirklich wahr?“, riefen sie durcheinander. „Natürlich kommen wir mit dir!“

Mit Willi an der Spitze zogen die kleinen Wolkenrabauken ab, während die glücklichen Gänse ihren Weg in den Süden endlich fortsetzen konnten. Es wurde auch höchste Zeit, denn eigentlich war es für Gänse schon viel zu kalt!

Die alten Wolken freuten sich sehr, als sie sahen, wen ihr Willi da alles mitgebracht hatte. Und sie jubelten laut, als die jungen Wolken damit begannen, Schneeflocken über das ganze Land zu streuen. Die frechen Wolkenrabauken waren jetzt gar nicht mehr so frech, denn sie hatten endlich eine Aufgabe gefunden, die sie gut erfüllen konnten.

Die Weihnachtspanne

An Weihnachten möchten am liebsten alle Leute frei haben. Nur der Weihnachtsmann, der soll gefälligst arbeiten, denn schließlich wollt ihr ja eure Geschenke haben! Und überhaupt: Liegt der Weihnachtsmann nicht den Rest des Jahres auf der faulen Haut – vielleicht an irgendeinem sonnigen Karibikstrand? Da kann der Bursche doch wenigstens an Weihnachten mal ein bisschen Einsatz zeigen.

Aber der Weihnachtsmann ist nicht der Einzige, der an Weihnachten arbeiten muss. Denkt doch nur mal an die Polizei! Oder an die Feuerwehr! Oder an die Ärzte und Krankenschwestern im Krankenhaus! Die werden auch an Weihnachten alle gebraucht. Und was sollen die Leute machen, die ausgerechnet an Weihnachten eine Motorpanne haben und mit dem Auto im Schnee steckenbleiben?

Richtig, die brauchen einen Abschleppdienst – und einen Mechaniker! Deshalb müssen manchmal auch Mechaniker an Weihnachten arbeiten. An dem Weihnachtsfest, von dem wir in unserer Geschichte hören, war der Mechaniker Manni mit dem Notdienst dran. So richtig begeistert war er davon nicht. Er schraubte zwar für sein Leben gern an Autos und Maschinen herum, aber eben nicht an Weihnachten. Da wäre er wie jedes Jahr viel lieber auf der Couch gehockt und hätte einen Film angeschaut. Dazu gab es dann Bier, Würstchen und Lebkuchen. Ihr merkt schon: So richtig viel hatte Manni mit Weihnachten nicht am Hut. Dabei hätten sich seine Eltern über einen Besuch gefreut!

Aber an diesem Weihnachtsfest kam alles anders: Manni musste ausnahmsweise arbeiten und schraubte missmutig an einem kaputten Auto herum. Da klopfte jemand energisch an das Werkstatttor. „Auch das noch“, brummte Manni. „Ein Notfall. Können denn die Leute an Weihnachten nicht einfach zu Hause bleiben und ihre Bäume anzünden? Na, schauen wir uns den Kerl mal an.“

Als das Garagentor nach oben rauschte, traute Manni seinen Augen nicht: Da stand gar kein Auto vor der Werkstatt, sondern ein Schlitten! Und dieser Schlitten wurde gezogen von einem ganzen Gespann komischer Hirsche. Ach, das mussten diese Rentiere sein, von denen er schon gehört hatte. Und der dicke Typ mit Bart, der da etwas konfus neben dem Schlitten stand – der sah doch wirklich und wahrhaftig aus wie... „Der Weihnachtsmann!“, staunte Manni. „Aber nein, du bist bestimmt irgendein Witzbold, der sich verkleidet hat.“

„Ich bin kein Witzbold!“, brummte der rundliche Mann im roten Mantel. „Ich bin der echte und einzige Weihnachtsmann. Und ich habe einen Platten an meinem Schlitten.“

„Einen Platten am Schlitten? Wie kann denn ein Schlitten einen Platten haben! Ein Schlitten hat doch Kufen, und keine Räder! Du musst wirklich ein Witzbold sein!“

Der Weihnachtsmann schüttelte den Kopf. „Das war früher mal! Mit Kufen kommt man heute nicht mehr sehr weit. Schau dich doch um: Alles ist für Autos ausgelegt. Überall Asphalt! Und dazu schneit es auch noch immer seltener. Da braucht man Räder. Deshalb habe ich mir einen neuen Schlitten gebaut. Mit Rädern und

Kufen. Ich klappe einfach immer genau das aus, was ich gerade brauche."

„Toll", sagte Manni. „Und jetzt hast du einen Platten. Das ist natürlich dumm. Aber nur keine Sorge – Manni wird es schon richten."

„Na, das will ich doch hoffen!“, rief der Weihnachtsmann und klopfte dem Mechaniker freundlich auf die Schultern. „Was glaubst du, wie enttäuscht die ganzen Kinder sind, wenn sie keine Geschenke mehr bekommen!“

„Pah!“, brummte Manni. „Ich kriege auch nie Geschenke. Nur Arbeit!“

„Arbeit hat noch keinem geschadet, mein lieber Manni“, sagte der Weihnachtsmann und machte sich an der Kaffeemaschine zu schaffen. „Was dagegen, wenn ich uns einen Kaffee koche?“

Natürlich hatte Manni nichts dagegen. Ein Käffchen war doch immer gut. Er würde auch gerne eine Tasse trinken, wenn er dieses vermaledeite Rad endlich geflickt und ausgetauscht hatte. Aber das würde er schon hinbekommen. Schließlich war er ein erfahrener Mechaniker!

Während der Weihnachtsmann also genüsslich seinen Kaffee schlürfte und gelegentlich so Sachen murmelte wie: „Das dauert aber lange“, brachte Manni den kaputten Schlitten in Ordnung. Verschwitzt und verschmutzt tauchte er schließlich wieder auf. „So! Das war‘s!“, sagte er. „Jetzt kannst du weiterfahren. Und nimm bloß deine Viecher mit!“ Die Rentiere hatten sich nämlich in der Werkstatt verteilt und waren gerade dabei, Mannis Pausenbrot zu essen.

„Keine Sorge! Ohne Rentiere kommt mein Schlitten nicht vom Fleck!“, beruhigte ihn der Weihnachtsmann.

Manni sah staunend zu, wie der Weihnachtsmann auf seinen Schlitten kletterte und die Zügel in die Hand nahm. Auf einen Pfiff hin kamen alle Rentiere und formierten sich. Und dann ging es los! Der Schlitten erhob sich in die Lüfte.

Manni kratzte sich ein wenig ratlos am Kopf. „Und wozu habe ich da jetzt eigentlich die Räder repariert, wenn du sowieso durch die Lüfte fliegst?"

„Ein gutes Werk braucht nie einen Grund", erwiderte der Weihnachtsmann. „Außerdem muss ich ja auch hin und wieder landen, nicht wahr? Fröhliche Weihnachten, Manni!"

Manni winkte dem Weihnachtsmann nach und fühlte sich plötzlich ganz anders. So weihnachtlich wie jetzt war ihm noch nie zumute gewesen! Als er in die Werkstatt zurückkehrte, stand er staunend vor einem ganzen Haufen Geschenke. Außerdem war da noch eine Karte, auf der zu lesen stand: *Lieber Manni! Vielen Dank für deine Hilfe! Bring deinen Eltern doch ein paar von den Geschenken! Fröhliche Weihnachten! Dein Weihnachtsmann. PS: Du kannst Feierabend machen. Heute passiert nichts mehr. Weihnachtsmannehrenwort!*

Erstaunt sah sich Manni um. Es stimmte ja! Alle Arbeit, die er noch zu tun hatte, war erledigt! Alle Wagen in seiner Garage standen blitzblank geputzt und in tadellosem Zustand an ihrem Platz. Sogar seine Werkbank war sauber aufgeräumt! Das war ja Zauberei! Weihnachtszauberei!

Jetzt hatte er keine Lust mehr, mit Bier und Würstchen auf der Couch zu lümmeln und den Weihnachtsabend vor der Glotze zu verbringen. Er wollte richtig Weihnachten feiern! Manni packte die ganzen Geschenke in sein kleines Auto und brauste zu seinen Eltern. Die freuten sich sehr, als ihr Sohn plötzlich vor der Tür stand – und als er die vielen Geschenke vorzeigte, machten sie große Augen! Das wurde ein richtig schöner, gemütlicher Weihnachtsabend. Und Manni nahm sich fest vor, von nun an jedes Jahr richtig Weihnachten zu feiern.

Das Warten hat endlich ein Ende

Weihnachten ist toll – wenn nur das Warten nicht wäre. Ist euch auch schon aufgefallen, dass die Zeit viel langsamer verstreicht, wenn man auf Weihnachten wartet? Und wenn es dann endlich so weit ist, dann passiert alles so schnell und heimlich, dass wir gar nichts davon mitbekommen. Oder habt ihr schon mal den Weihnachtsmann gesehen? Immer liegen da am Heiligabend die schönen Geschenke, aber sie tauchen einfach so auf, aus dem Nichts. Keine Spur vom Weihnachtsmann!

Der kleinen Mira war das auch aufgefallen. Und sie wünschte sich nichts sehnlicher, als einmal den Weihnachtsmann selbst zu sehen. Dieser Wunsch wurde ihr fast wichtiger als alle anderen Geschenke. Ja, wenn sie den Weihnachtsmann einmal selbst treffen dürfte, dann würde sie dafür sogar auf ihre Geschenke verzichten. Zumindest auf eines. Oder zwei.

Mira nahm sich fest vor, dem Weihnachtsmann zu begegnen. Sie war ein sehr zielstrebiges kleines Mädchen und setzte ihre Vorsätze fast immer in die Tat um. Aber dieses Mal war das gar nicht so einfach! Denn obwohl sie es wirklich versuchte, schlief sie immer ein, bevor der Weihnachtsmann kam. Sie schaffte es einfach nicht, lange genug wach zu bleiben! So ein Ärger aber auch!

Mira wusste, dass ihr die Zeit davonlief. Sie machte sich ehrlich Sorgen: Wenn sie nun erwachsen würde, bevor sie den Weihnachtsmann getroffen hatte? Erwachsene bekamen den Weihnachtsmann selten zu sehen. Als Kind standen ihre Chancen sehr viel besser, denn der Weihnachtsmann hat Kinder besonders gern – deshalb bringt er ihnen ja auch Geschenke.

Aber wie sollte Mira es bloß schaffen, in der Nacht wach zu bleiben? Sie könnte sich ständig in den Arm kneifen – aber das tat weh und gab hässliche Flecken. Da fiel ihr etwas ein: Wenn der Papa am Morgen noch ganz müde und mit zerknittertem Gesicht an den Frühstückstisch schlurfte, dann wollte er immer eine Tasse Kaffee haben. Kaffee macht wach, pflegte er zu sagen.

Das war doch die Idee! Wenn Mira den Weihnachtsmann sehen wollte, dann brauchte sie auch Kaffee! Aber das war gar nicht so einfach: Mama und Papa waren nämlich der Ansicht, dass Mira noch viel zu klein sei, um Kaffee zu trinken.

„Kaffee ist nur für Erwachsene“, sagte Mama.

„Für müde Erwachsene“, ergänzte Papa.

„Und was ist mit müden Kindern?“, fragte Mira.

„Die gehören ins Bett“, sagte Papa.

Mira schmollte. Papa war ja wieder sehr hilfreich! Aber gut, wenn es nicht anders ging, dann musste sie ausnahmsweise ein wenig Kaffee stibitzen. Schließlich ging es hier um eine wirklich wichtige Sache! Sie musste den Weihnachtsmann unbedingt zu Gesicht bekommen!

Mira überlegte sich ganz genau, was sie tun würde. Als sie am Weihnachtsmorgen am Frühstückstisch saß, wartete sie, bis ihr Papa sich hinter seiner Zeitung verkroch und ihre Mama nicht hinsah. Dann füllte sie schnell den Inhalt der Kaffeekanne in ihren großen Thermosbehälter und verschloss diesen sorgfältig. Dann brachte sie ihn schnell in ihr Zimmer und versteckte ihn unter dem Bett.

„Nanu", sagte Papa am Frühstückstisch. „Kaffee schon alle?"

„Wenn du so viel trinkst", sagte die Mama.

Mira machte eine Unschuldsmine und tat so, als wüsste sie von nichts. Als sie aber am Abend endlich zu Bett musste, holte sie den Thermosbehälter unter dem Bett hervor und trank einen Schluck Kaffee. Er war nicht mehr ganz heiß, aber immerhin noch warm. Und immer, wenn sie Müdigkeit verspürte, nahm sie einen weiteren Schluck.

So verging die Nacht, und ein ums andere Mal drohten Mira die Augen zuzufallen. Aber als der Kaffee ganz aufgebraucht war und sie kurz davor war, einzuschlafen – da hörte sie ein Geräusch aus dem Wohnzimmer. Das konnte nur – das musste einfach der Weihnachtsmann sein!

Auf Zehenspitzen schlich Mira ins Wohnzimmer. Und tatsächlich: Da stand ein großer, rundlicher Mann in einem roten Mantel mit weißem Pelzbesatz, einem langen, wallenden Rauschebart und einer roten Zipfelmütze mit weißem Bommel.

„Der Weihnachtsmann!", rief die kleine Mira entzückt.

Der Weihnachtsmann wiederum war weniger entzückt. Denn eigentlich wollte er bei der Bescherung nicht von Kindern überrascht werden. „Was machst du denn hier?", fragte er verblüfft. „Du solltest doch längst im Bett liegen und schlafen! Außerdem lasse ich doch immer meine Weihnachtselfen ein wenig Schlafstaub über die Häuser streuen!"

„Ich habe extra Kaffee getrunken!", verkündete Mira stolz. „Jedes Mal, wenn ich müde wurde, habe ich einen Schluck genommen. Ich wollte dich doch unbedingt sehen!"

Der Weihnachtsmann lachte anerkennend. „Du bist ein schlaues Mädchen. Aber du solltest nicht so viel Kaffee trinken – das ist nämlich nicht gesund, schon gar nicht für Kinder."

„Das mache ich sonst ja auch nicht", sagte Mira. „Eigentlich schmeckt mir Kaffee auch gar nicht. Ich mag viel lieber Kakao. Aber ich wollte dich doch unbedingt sehen, Weihnachtsmann!"

Der Weihnachtsmann beugte sich zu der kleinen Mira herunter und tätschelte ihr den Kopf. „Na, das hast du ja geschafft. Und du hast es dir verdient! Aber versprich mir eins: Das bleibt unser Geheimnis! Sonst stibitzen alle Kinder auf der Welt ihren Eltern den Kaffee und trinken ihn, damit sie einmal den Weihnachtsmann sehen können. Und ich komme mit der Bescherung nicht mehr voran!"

Mira nickte eifrig. „Das verspreche ich dir, lieber Weihnachtsmann!"

„Dann geh jetzt wieder ins Bett! Und morgen darfst du deine Geschenke aufmachen! Aber wirklich erst morgen, hörst du, Mira? Fröhliche Weihnachten!"

Mira sah glücklich zu, wie der Weihnachtsmann wieder im Kamin verschwand. Sie war sehr erstaunt, dass er mit seinem dicken Popo tatsächlich durch den kleinen Kamin passte. Dann lief sie zum Fenster und schaute hinaus zum Himmel. Da – war das nicht ein Schlitten, gezogen von Rentieren? Und lachte da nicht jemand mit tiefer, warmer Stimme: „Hohoho! Fröhliche Weihnachten, kleine Mira!"

Als Mira wieder in ihr gemütliches Bett kletterte, da wusste sie genau, dass ihr Mama und Papa diese Geschichte nicht glauben würden. „Aber ich erzähle sie trotzdem!", nahm sie sich vor. „Ich erzähle sie jedem. Weil alle Kinder auf der Welt wissen müssen, dass es den Weihnachtsmann wirklich gibt!"

Ja, es gibt ihn, den Weihnachtsmann. Wenn ihr das nicht glauben wollt, dann müsst ihr nur die kleine Mira fragen – die hat ihn nämlich gesehen.

Die verirrte Schneeflocke

Habt ihr schon einmal gesehen, wie lustig die Schneeflocken im Winter tanzen? Auf und ab, hin und her geht der fröhliche Tanz – und dabei scheinen die kleinen Flöckchen ihr Ziel nie aus den Augen zu verlieren. Aber manchmal können sich sogar Schneeflocken verirren.

Erinnert ihr euch noch an Susi, die flotte Schneeflocke, die dem Rentier Rüdiger den Weg zurück nach Hause gewiesen hat? Man sollte doch meinen, dass eine so gescheite Schneeflocke sich nicht verfliegt. Aber genau das ist Susi einmal passiert! Da hat sie es nämlich selbst mit dem Herumgetanze übertrieben und ist außerdem noch in einen kräftigen Sturm geraten.

Und plötzlich wusste sie einfach nicht mehr, wo sie sich befand! Alles um sie herum sah ganz fremd aus, und von ihrer restlichen Schneeflockenfamilie war nichts zu sehen! Wohin sollte sie jetzt nur fliegen? Wie würde sie jemals wieder nach Hause finden? Sie wollte doch mit ihren Schneeflockenverwandten zusammen ein winterweißes Weihnachtsfest feiern!

Wenn Schneeflocken weinen, dann werden sie immer größer, weil ihre Tränen gleich gefrieren. So bekam Susi gar nicht mit, wohin sie trieb, so traurig und kummervoll war sie. Sie merkte nicht einmal, dass sie plötzlich nicht mehr vom Fleck kam, weil sie irgendwo gelandet war. Erst, als eine warme, tiefe Stimme freundlich fragte: „Na, wer ist denn da so furchtbar traurig?", sah sie auf.

Die Schneeflocke Susi blickte direkt in ein großes, rundes, freundliches Gesicht mit einem strahlend weißen Bart und einer roten Zipfelmütze. Als geübte Winterweihnachtsschneeflocke wusste sie natürlich sofort, wen sie da vor sich hatte! „Du bist es, Weihnachtsmann! Wie kommst du denn hierher?"

Der Weihnachtsmann lachte. „Eigentlich müsste ich dich das fragen. Du bist auf meinem Handschuh gelandet. Aber das hast du vor lauter Kummer wohl gar nicht bemerkt."

Nein, das war der kleinen Schneeflocke Susi wirklich nicht aufgefallen! Sie sah sich um. Richtig, sie hockte auf der Oberfläche eines roten Handschuhs mit weißem Pelzbesatz. So etwas trug nur der Weihnachtsmann – warum hatte sie das nicht gleich gemerkt?

„Und warum bist du jetzt so traurig, kleine Schneeflocke Susi?"

„Ach, ich habe nicht aufgepasst und bin in einen Sturm geraten. Und der hat mich irgendwohin getragen, wo ich mich nicht auskenne. Jetzt weiß ich nicht, wie ich wieder zu meiner Familie komme – und dabei ist heute doch Weihnachten!"

„Ich weiß", sagte der Weihnachtsmann. Natürlich wusste er, dass heute Weihnachten war – wenn jemand ganz genau wusste, wann Weihnachten war, dann ja wohl der Weihnachtsmann! „Du musst aber nicht traurig sein, kleine Susi. Ich kenne dich gut: Du bist eine sehr mutige und hilfsbereite Schneeflocke. Mein Rentier Rüdiger hat mir erzählt, wie du ihm einmal geholfen hast, wieder den Weg nach Hause zu finden. Jetzt helfe ich dir. Bleib einfach auf meinem Handschuh sitzen, wir sind bald wieder bei deiner Familie!"

Da hörte Susi gleich auf zu weinen, und sie wurde wieder leichter und luftiger und spürte, dass sie bald wieder davonfliegen könnte. Aber für das Erste blieb sie einfach auf dem Handschuh des Weihnachtsmannes sitzen, der seinen Schlitten zielstrebig vorwärts lenkte.

Bald merkte sie, dass die Luft um sie herum vertraut roch, und dann hörte sie auch schon das fröhliche Gekicher ihrer Schneeflockenfamilie. Sie war wieder zu Hause! Jetzt hielt Susi nichts mehr auf dem Handschuh. „Danke, danke, lieber Weihnachtsmann!", rief sie. „Hier kenne ich mich gut aus! Kannst du mich bitte mal anpusten, damit ich zu meinen Geschwistern fliegen kann?"

Das tat der Weihnachtsmann natürlich nur allzu gerne! Sanft pustete er die Schneeflocke an, die sich sofort von seinem Handschuh erhob und vom Wind zu ihrer Familie treiben ließ. Das war ein freudiges Wiedersehen! Alle Schneeflocken plapperten wild durcheinander und flogen kreuz und quer umher. Von Ordnung war keine Spur zu sehen, aber das war bei Schneeflocken nicht so wichtig.

Der Weihnachtsmann winkte den Schneeflocken zum Abschied: „Fröhliche und vor allem weiße Weihnachten!", rief er. Denn weiße Weihnachten war für Schneeflocken natürlich besonders wichtig. Und man muss sagen, dass es lange nicht so schön geschneit hat wie an diesem Weihnachtsfest. Das lag wohl daran, dass sich alle Schneeflocken so sehr darüber freuten, dass ihre Susi wieder bei ihnen war.

Weihnachten unter Palmen

An Weihnachten sollte es schneien, oder nicht? Weiße Weihnachten ist eine wunderbare Sache. Manche Menschen fahren deshalb extra an Weihnachten in die Berge, weil dort die Wahrscheinlichkeit für Schneefall besonders hoch ist. Andere wiederum mögen die kalten Temperaturen gar nicht so gern und möchten lieber an einen Ort verreisen, an dem es schön warm ist und die Sonne scheint.

Die Eltern des kleinen Jens hatten auch so eine komische Idee. Denkt euch nur, sie wollten an Weihnachten in Urlaub fahren. An Weihnachten! Und dann ausgerechnet an einen Ort, an dem es nie schneite: auf eine sonnige Insel mit einem Palmenstrand. Wie sollte denn da eine vernünftige Weihnachtsstimmung aufkommen? Der kleine Jens war sehr enttäuscht und wollte am liebsten gar nicht mitfahren. Aber da ließen die Eltern nicht mit sich reden – Jens musste mit.

Eigentlich war es sehr schön auf der Urlaubsinsel, die Jens' Eltern ausgesucht hatten. Aber Jens musste einfach die ganze Zeit an Weihnachten denken! Das war doch einfach völlig ausgeschlossen, dass der Weihnachtsmann ihn hier finden würde, hier auf dieser sonnendurchfluteten Palmeninsel! Ganz bestimmt würde er in diesem Jahr keine Geschenke kriegen! Wie furchtbar!

Jens musste etwas unternehmen. Es gab eigentlich nur eine Lösung: Er musste nach Hause. Er musste an Weihnachten einfach zu Hause sein! Dort, wo es kalt war, wo es schneite, wo es einen richtigen Winter gab. Dort, wo der Weihnachtsmann ihn finden und besuchen würde. Als seine Eltern gemütlich in ihren Liegestühlen in der Sonne schliefen, schlich er sich davon.

Ausbüchsen ist nie eine gute Idee. In seinem Inneren spürte Jens das auch und er hatte ein schlechtes Gewissen gegenüber seinen Eltern. Aber es ging doch nicht, dass er Weihnachten verpasste! Nur: Wie sollte er von hier wegkommen? Traurig stand er am weißen Strand und blickte auf das Meer hinaus. Außer ein paar kleinen Fischerbooten war da nichts zu sehen.

Da legte sich plötzlich eine schwere Hand auf seine Schulter. Eine tiefe Stimme brummte: „Na, ganz allein hier, mein Junge?“

Jens zuckte zusammen und drehte sich um. Vor ihm stand ein kugelrunder Mann mit einem weißen Rauschebart in einem bunten Hawaii-Hemd und roten Bermuda-Shorts – die mit weißem Pelz verziert waren? Und außerdem trug der Mann eine rote Zipfelmütze mit weißem Pelzbommel. Und das am Strand! „Er sieht aus wie ein Strand-Weihnachtsmann“, dachte Jens und musste lachen.

„Was findest du denn so lustig?“, fragte der große dicke Mann mit dem Rauschebart. In der rechten Hand hielt er eine große Kokosnuss, in der ein langer Strohhalm steckte.

„Ich dachte nur: Sie sehen aus wie der Weihnachtsmann, wenn er Urlaub hat."

„Ich bin der Weihnachtsmann. Und ich habe Urlaub. Noch. Bald geht es wieder los! Meine Elfen schwitzen schon am Nordpol beim Einpacken der Geschenke. Ich schwitze lieber hier, am sonnigen Strand." Dabei nuckelte der Weihnachtsmann genüsslich an seinem Strohhalm. „Ich liebe diese Kokosnüsse", sagte er dazu.

„Ich hätte nie gedacht, ausgerechnet hier dem Weihnachtsmann zu begegnen!", staunte Jens. „Wo es hier doch so warm und sonnig ist."

„Aber warum denn nicht? Dachtest du vielleicht, ich will das ganze Jahr über in der Kälte sitzen? Der Weihnachtsmann ist doch kein Eisbär. Gut, ich habe meinen warmen Kamin, aber trotzdem – hin und wieder brauche auch ich ein wenig Sonne."

„Das ist ja toll", sagte Jens. „Meine Eltern sagen das auch: Ab und zu braucht der Mensch ein wenig Sonne."

„Ja, nicht wahr?", kicherte der Weihnachtsmann und schlürfte wieder aus seinem Strohhalm. „Aber jetzt muss ich mich so langsam aufmachen, denn morgen ist Weihnachten und da wollen die Kinder alle ihre Geschenke haben."

Da guckte Jens ganz traurig. Der Weihnachtsmann merkte es sofort, legte Jens den Arm um die Schulter und meinte: „Kein Grund, Trübsal zu blasen, mein Junge. Der Weihnachtsmann findet immer einen Weg – auch wenn die Bescherung unter Palmen stattfindet. Aber Weglaufen ist keine gute Lösung. Deine Eltern machen sich bestimmt große Sorgen! Geh also lieber zurück zu ihnen! Und den Rest, den kannst du ruhig mir überlassen."

Da war Jens doch ein wenig getröstet, und er sah auch ein, dass der Weihnachtsmann recht hatte. Er ging also zurück ins Hotel, wo seine Eltern ihn schon gesucht hatten und recht besorgt aussahen. Als Jens ihnen von seinem kleinen Abenteuer und seiner großen Begegnung mit dem Weihnachtsmann erzählte, lachten die Eltern und strichen ihm nur durchs Haar – aber es war sehr deutlich, dass sie ihm nicht glaubten.

Aber das änderte sich schnell: Als sie nämlich am Heiligabend auf ihre Hotelzimmer zurückkehrten, da fanden sie wunderschön verpackte Geschenke vor, mit Glitzerpapier und Schleifen. Und eine große Weihnachtskarte lag obenauf: *Lieber Jens, es hat mich sehr gefreut, dich kennenzulernen. Ich hoffe, du magst deine Geschenke. Für deine lieben Eltern ist auch etwas dabei. Wie du siehst, findet der Weihnachtsmann immer einen Weg – auch wenn es nur Sand und Palmen gibt und keinen Schnee. Fröhliche Weihnachten! PS: Trink eine Kokosnuss auf mich!*

Jetzt waren die Freude und das Staunen natürlich groß. Die Eltern baten Jens um Entschuldigung, weil sie ihm erst nicht geglaubt hatten. Und dann feierten sie alle miteinander ein fröhliches und unvergessliches Weihnachtsfest – unter Palmen. Und natürlich trank Jens auch eine Kokosnuss auf den Weihnachtsmann. Das war schließlich Ehrensache!

Der fremde Wunsch

Weihnachten ist die Zeit der Wünsche. Habt ihr auch schon einen Wunschzettel an den Weihnachtsmann geschrieben? Da fallen euch bestimmt eine ganze Menge Sachen ein, die ihr aufschreiben wollt. Und wahrscheinlich sind es vor allem Dinge, die ihr selbst gern haben wollt – schließlich ist es ja euer Wunschzettel.

Die kleine Sarah hatte auch eine Menge Wünsche zu Weihnachten. Das lag vor allem daran, dass sie mit ihrer Mutter ganz allein lebte und beide nicht viel Geld besaßen. Jeden Tag fuhr die Mama mit ihrem Fahrrad zur Arbeit und verdiente gerade so viel, dass die beiden ihr Auskommen hatten. Sarah nahm sich vor, in der Schule sehr fleißig zu sein und einen guten Beruf zu ergreifen, damit sie für sich und ihre Mutter sorgen konnte.

Aber dann passierte etwas sehr Schlimmes: Ein Dieb klaute das Fahrrad von Sarahs Mama! Und die Mama hatte kein Geld, um ein neues Fahrrad zu kaufen. Jetzt musste sie jeden Tag den weiten Weg zur Arbeit laufen! Das dauerte so lange, dass die Mama sehr früh aufstehen musste und am Abend viel später nach Hause kam und furchtbar müde war.

Sarah überlegte traurig und verzweifelt, wie sie ihrer Mama helfen konnte. Und da kam ihr eine großartige, eine wunderbare Idee: Nur der Weihnachtsmann konnte jetzt noch helfen! Also schrieb Sarah auf ihren Wunschzettel, den sie wie alle Kinder an den Weihnachtsmann schickte, nur einen einzigen Wunsch: ein neues Fahrrad für ihre Mama.

Weil das Fahrrad so wichtig war, verzichtete Sarah darauf, auch noch eigene Wünsche auf den Zettel zu schreiben. Sonst würde der Weihnachtsmann vielleicht doch nicht das Fahrrad bringen und ihre Mama müsste weiterhin zur Arbeit laufen!

„Sei nicht traurig, Mama", sagte Sarah zu ihrer Mutter. „Vielleicht bringt uns ja der Weihnachtsmann ein neues Fahrrad für dich."

Da lächelte die Mama und strich Sarah durchs Haar, aber irgendwie hatte Sarah das Gefühl, dass die Mama nicht so richtig daran glaubte. Dafür glaubte Sarah aber umso fester an das Weihnachtswunder, dass sie sich so sehr wünschte.

Und was denkt ihr, was Sarah und ihre Mutter am Heiligabend unter dem kleinen Weihnachtsbäumchen fanden, das in ihrem Wohnzimmer stand? Richtig: ein funkelnagelneues Fahrrad! Sarahs Mama war so überrascht und glücklich, dass sie zu weinen begann. Und Sarah lachte so fröhlich, wie sie es seit sehr langer Zeit nicht mehr getan hatte. Also weinten und lachten sie und hatten ein unbeschreiblich schönes Weihnachtsfest. Noch nie war Sarah an Weihnachten so glücklich gewesen – obwohl sie selbst überhaupt kein Geschenk bekommen hatte!

Aber als Sarah schließlich schlafen ging, da wartete noch eine Überraschung auf sie: Ihr Bett war nämlich schon belegt – mit einem großen, wunderschön und liebevoll verpackten Paket. Darauf war eine Karte befestigt: *Liebe Sarah, weil du dir etwas für deine Mama gewünscht hast, habe ich mir etwas für dich gewünscht. Und weil ich der Weihnachtsmann bin, habe ich mir den Wunsch einfach selbst erfüllt. Mach weiter so und hab keine Angst: Es wird alles gut! Ein frohes und besinnliches Fest! Dein Weihnachtsmann.*

Und was Sarah in dem Paket fand? Nun, etwas, das sie sich schon lange sehr gewünscht hatte. Wollt ihr raten, was es war? Das wäre doch ein schönes Spiel, um die Wartezeit auf Weihnachten zu verkürzen: Überlegt euch, was Sarahs Herzenswunsch sein könnte. Nehmt euch ein Blatt Papier und malt es auf. Und ehe ihr euch umschauen könnt, war der Weihnachtsmann da und ihr habt hoffentlich ein genauso schönes Fest wie Sarah und ihre Mama.

Weihnachten am Fließband

Weihnachten ist eine gemütliche Zeit, findet ihr nicht? Die Schule macht Ferien, die Eltern haben Urlaub, alle sind nett zueinander und freuen sich auf ein erholsames Weihnachtsfest. Nur die Vorbereitungen können manchmal ein wenig anstrengend sein, aber eigentlich machen auch das Schmücken und das Plätzchenbacken viel Spaß. Nur für die Weihnachtselfen ist es jedes Jahr sehr anstrengend - denn sie müssen im Akkord am Fließabend arbeiten, damit alle Päckchen und Geschenke bis zum Fest fertigwerden.

Ihr könnt euch vorstellen, dass am Nordpol, in der großen Geschenkefabrik des Weihnachtsmannes, nichts schieflaufen darf - das hätte sonst ganz schlimme Folgen! Deshalb achten die Weihnachtselfen auch sehr genau darauf, dass die vielen Maschinen, die in der Geschenkefabrik für das Produzieren und Verpacken der Geschenke zuständig sind, sich immer in bestem Zustand befinden.

Aber manchmal, ganz selten, geschieht eben doch etwas, das eigentlich nicht geschehen soll. Dann kommt es zu einer Panne und eine Maschine funktioniert nicht mehr richtig. So wie in dieser Geschichte: Da gab es plötzlich einen Knall, und schwarzer Rauch stieg auf. Und es drehte sich kein Rädchen mehr und es bewegte sich kein Fließband!

Was war passiert? Niemand wusste es, aber alle Elfen rannten aufgeregt durcheinander. Werkzeug wurde hervorgeholt, Klappen geöffnet, Schrauben gedreht und Hebel gezogen. Aber nichts rührte sich. Der Fehler musste irgendwo im Inneren der Maschine liegen, im Räderwerk, wo man nicht so einfach hinkam.

Sehr betreten und reichlich ratlos sahen die Weihnachtselfen einander an. Bedeutete das etwa das Aus für Weihnachten – jedenfalls in diesem Jahr?

„Wir könnten Weihnachten doch auf Ostern verlegen?", schlug einer der Weihnachtselfen vor. „Bis dahin haben wir die Maschine bestimmt repariert!"

„Unsinn!", riefen die anderen. „Weihnachten ist nun einmal nicht Ostern." Und da hatten sie natürlich recht.

„Ich weiß, was wir machen!", rief da der kleine Fips. Er war mit Abstand der winzigste der Weihnachtselfen, und eigentlich traute ihm niemand so richtig etwas zu.

„Was willst du schon wissen! Was willst du schon machen! Du bist doch viel zu klein!", erwiderte der kugelrunde Berti. Er war für einen Weihnachtselfen schon fast unanständig dick und kaute ständig an irgendeiner Süßigkeit herum. Deshalb kam er auch schnell außer Puste und musste viel öfter eine Pause einlegen als die anderen Weihnachtselfen. Manchmal schnaufte er wie eine alte Lokomotive!

Aber der kleine Fips ließ sich nicht beirren. „Ich klettere in die Maschine hinein und schaue mir das Räderwerk aus der Nähe an. Ich bin klein genug dafür!"

Gesagt, getan: Unter den gespannten Blicken der anderen Weihnachtselfen verschwand der kleine Fips im Räderwerk der großen Verpackungsmaschine. Es klapperte oben, es ratterte unten, hin und wieder wackelte auch etwas. Aber niemand konnte von außen sehen, was der kleine Fips im Inneren der Maschine wirklich trieb. Den wartenden Elfen erschien es wie eine Ewigkeit, aber endlich erscholl der stolze Ruf: „Ich habe es! Ich habe es!"

„Was hast du?", fragten die wartenden Weihnachtselfen ungeduldig.

Im Inneren der Maschine ruckelte es und alle Räder wackelten. Dann erschien der kleine Fips wieder an der Oberfläche. „Ich habe das Problem gefunden und gelöst." Er streckte den anderen Weihnachtselfen etwas entgegen. Es war sehr lang, sehr dünn, sehr weiß und rot gestreift und an einem Ende gebogen.

„Eine Zuckerstange!", riefen die Weihnachtselfen überrascht. Und dann drehten sich alle mit strafendem Blick zu dem dicken Berti um. Der sah sehr zerknirscht aus, denn natürlich war das seine Zuckerstange, die das Räderwerk der Geschenkeverpackungsmaschine blockiert hatte!

„Berti! Du weißt doch ganz genau, dass Naschen bei der Arbeit verboten ist!", schimpften die anderen Weihnachtselfen. Es war doch wirklich zum Haare-Raufen mit diesem verfressenen Kerl!

„Es tut mir leid", sagte Berti, der das natürlich wusste. „Aber ich hatte doch solchen Hunger!"

Da mussten alle Weihnachtselfen laut lachen. Berti war einfach unverbesserlich! Für ihn war Naschen so wichtig wie Atmen.

„Nur keinen Streit jetzt!", rief der kleine Fips. „Wer Hunger hat, soll essen. Wenn wieder eine Zuckerstange in die Maschine fällt, dann klettere ich eben nochmal rein! Aber jetzt an die Arbeit!"

Da jubelten alle Weihnachtselfen und gingen mit neuem Mut und frischem Elan an die Arbeit. Und weil sie so viel Spaß dabei hatten, ging ihnen alles so leicht von der Hand, dass sie die verlorene Zeit im Handumdrehen wieder aufgeholt hatten. Und selbst der dicke Berti vergaß vor lauter Arbeitseifer ganz das Naschen.

Das konnte er dann aber am Abend nachholen. Denn während der Weihnachtsmann mit seinem Schlitten unterwegs war, feierten die Weihnachtselfen ein rauschendes Fest. Und der dicke Berti konnte so viel Zuckerstangen und Lebkuchen essen, wie er wollte. Und er wollte (und konnte) wirklich eine ganze Menge essen! Die Elfen sangen und tanzten. Und als in den Morgenstunden der Weihnachtsmann von seiner großen Bescherungsfahrt zurückkehrte, da freute er sich so sehr über den fröhlichen Haufen, dass er einfach seine Müdigkeit vergaß und noch ein bisschen mitfeierte.

Der dicke Berti achtete in Zukunft immer darauf, dass er nicht mehr bei der Arbeit naschte, sondern nur noch in den Pausen. Das bekam ihm auch sehr gut: Er nahm tatsächlich ein bisschen ab und konnte viel schneller laufen! Und er schnaufte auch nicht mehr so schwer! Alles in allem war er damit sehr zufrieden – und Süßigkeiten bekam er zu Weihnachten trotzdem noch genug.

Der einsame alte Mann

Freut ihr euch auch schon so sehr auf Weihnachten? Eigentlich liebt doch jeder die Weihnachtszeit! Für viele Menschen ist Weihnachten die schönste Zeit des Jahres, und vor allem Kinder können es Jahr für Jahr kaum erwarten, bis Heiligabend endlich gekommen ist. Aber auch wenn ihr es euch gar nicht vorstellen könnt: Es gibt auch Menschen, die Weihnachten nicht mögen. Es gibt sogar Menschen, die vor Weihnachten Angst haben!

Jetzt denkt ihr vielleicht: Wie ist das dumm, vor Weihnachten muss man doch keine Angst haben! Da kommen das Christkind und der Weihnachtsmann und bringen Geschenke! Da gibt es etwas Leckeres zu essen, überall erstrahlen helle Lichter und alle Menschen lachen und sind fröhlich.

Aber so ist es eben nicht überall. Manche Menschen sind an Weihnachten ganz allein. Vor allem alte Menschen haben oft niemanden mehr, mit dem sie das Fest feiern können. Weil an den Feiertagen auch niemand auf den Straßen zu sehen ist und es früh dunkel wird, empfinden sie das Fest als eine Belastung und sind froh, wenn die Feiertage endlich vorüber sind. Ist das nicht traurig?

In dieser Geschichte geht es um einen solchen alten Mann, der jedes Jahr an Weihnachten sehr einsam war und darum große Angst vor dem Fest hatte. Dabei hätte er an Weihnachten gar nicht allein sein müssen, stellt euch das nur vor! Er hatte nämlich einen Sohn! Und sogar einen Enkel! Und natürlich auch eine

Schwiegertochter! Aber die sah er alle nie. Und das hatte auch einen Grund. Einen sehr traurigen.

Vor einigen Jahren, noch vor der Geburt seines Enkels, hatte es einen hässlichen Streit gegeben. Der Anlass war eine Nichtigkeit gewesen, der alte Mann konnte sich nicht einmal mehr daran erinnern. Vielleicht hatten sie über die Politik gestritten, oder über einen Berufswunsch des jungen Mannes, der dem Vater nicht behagt hatte. In jedem Fall war der Streit so aus dem Ruder gelaufen, dass der Sohn wütend aus dem Haus gelaufen war.

Seither hatten Vater und Sohn kein Wort mehr miteinander gesprochen. Der Sohn hatte geheiratet und selbst einen Sohn bekommen, aber seinem Vater hatte er weder die Schwiegertochter noch den Enkel je vorgestellt. Ein Enkel ohne Opa und ein Opa ohne Enkel – könnt ihr euch das vorstellen? Für den einsamen alten Mann war das die traurige Wirklichkeit.

Der alte Mann saß also traurig zu Hause und dachte daran, wie nett es früher an Weihnachten gewesen war. Da hatte er manchmal mit seinem Sohn, der noch klein gewesen war, einen Wunschzettel für den Weihnachtsmann geschrieben. Und dann hatten sie ihn gemeinsam zur Post gebracht und eingeworfen und gespannt darauf gewartet, ob der Wunsch sich erfüllen würde!

Als der alte Mann daran dachte und vor sich hinlächelte, nahm er ganz unwillkürlich Papier und Stift zur Hand. Ohne wirklich zu wissen, warum, schrieb er einen Wunschzettel. Es war ein sehr kurzer Wunschzettel, es stand nur ein einziger Wunsch darauf. Ich wünsche mir Weihnachten mit meinem Sohn. Den Zettel steckte er in den Umschlag, adressierte ihn an den Weihnachtsmann und warf ihn in den Briefkasten. Dann ging er wieder nach Hause – und vergaß den Brief. Es war mehr eine Laune gewesen, eine schwache Erinnerung, mit der er keine echte Hoffnung verband.

Schließlich kam der Weihnachtsabend. Und der alte Mann saß wieder allein zu Hause. Die Wohnung war kaum geschmückt, nicht einmal einen richtigen Weihnachtsbaum hatte er sich im Wohnzimmer aufgestellt. Nur eine einfache Kerze sorgte mit ihrem schummrigen Licht für ein wenig Gemütlichkeit. Da klingelte es an der Tür. „Nanu", fragte sich der einsame alte Mann, „wer kann das bloß sein, an Weihnachten?"

Ihr könnt euch bestimmt seine Überraschung und seine Freude denken, als er die Tür öffnete und sich plötzlich seinem Sohn gegenübersah. Und sein Sohn war nicht allein gekommen: Auch die Schwiegertochter und der Enkel waren dabei. Der einsame alte Mann wusste gar nicht, was er sagen sollte.

Auch seinem Sohn fiel es sichtlich schwer, die richtigen Worte zu finden. Stumm fielen sich beide in die Arme. Sie brauchten gar nichts zu sagen – sie wollten beide nur, dass der schlimme Streit ein Ende haben sollte. Vater und Sohn bereuten, dass es so weit gekommen war. Und sie nahmen sich beide fest vor, dass sie sich in Zukunft nie mehr so heftig streiten würden.

Ganz besonders freute sich der alte Mann natürlich darüber, dass er jetzt endlich seine Schwiegertochter und vor allem seinen Enkel kennenlernen konnte. Und jetzt ärgerte er sich sehr darüber, dass er die Wohnung nicht geschmückt hatte. Hätte er doch wenigstens ein kleines Weihnachtsbäumchen gekauft! Was würde sein kleiner Enkel nur sagen, wenn er erst feststellte, dass sein Opa überhaupt keine Vorbereitungen für Weihnachten getroffen hatte?

Aber als alle zusammen das Wohnzimmer betraten, traute der alte Mann seinen Augen nicht: Plötzlich war alles prächtig geschmückt, in der Mitte des Raumes stand ein großer Weihnachtsbaum mit vielen Kerzen – und darunter waren viele Geschenke verteilt. Der Wohnzimmertisch bog sich unter lauter duftenden Köstlichkeiten, die verzehrt werden wollten. Süßes und Salziges, Warmes und Kaltes – alles, was das Herz begehrte.

„Ja so was", rief der Sohn verblüfft. „Hast du uns etwa erwartet, Vater?"

Der alte Mann schüttelte verblüfft den Kopf. „Ich weiß nicht, woher das alles kommt – ich habe weder einen Baum gekauft noch die Wohnung geschmückt. Ich dachte, ich würde wieder allein sein und da hätte sich doch der Aufwand nicht gelohnt."

„Das war bestimmt der Weihnachtsmann!", rief der Enkel begeistert.

Da wurde dem alten Mann klar, dass der Weihnachtsmann seinen Wunsch bekommen und wirklich erfüllt hatte. Er konnte sein Glück kaum fassen, denn er hatte ja nie so richtig daran geglaubt, dass ihm der Weihnachtsmann wirklich diesen Wunsch erfüllen würde. Und jetzt war es doch geschehen: Sein Sohn war da, die Schwiegertochter – und der Enkel.

Jetzt feierten sie alle zusammen Weihnachten. Und es war das erste richtige Weihnachtsfest, das der alte Mann seit sehr vielen Jahren gefeiert hatte. Zum ersten Mal konnte er so richtig mit seinem Enkel spielen. Und als der kleine Junge eingeschlafen war, konnte sich der alte Mann mit seinem Sohn und seiner Schwiegertochter unterhalten. Es war ein langes Gespräch, bei dem vieles ausgeräumt wurde, das in den letzten Jahren zwischen ihnen gestanden hatte.

Sehr spät in der Nacht verabschiedeten sich der Sohn und die Schwiegertochter. Der Enkel bekam von all dem gar nichts mit, er schlief auf dem Arm seines Vaters. Der alte Mann, der nun nicht länger einsam war, winkte seinem Sohn lange nach – obwohl es sehr kalt war.

Aber ihm war so warm ums Herz, dass er die Kälte gar nicht spürte.

Als der alte Mann schließlich selbst zu Bett ging, da entdeckte er auf seinem Nachttisch eine große, schöne Karte, die gut leserlich beschriftet war: *Du darfst niemals den Glauben verlieren, egal wie alt du bist! Fröhliche Weihnachten!*

Liebe Leserin, lieber Leser,

hat Ihnen dieses Buch gefallen? Wir freuen uns über Ihre Verbesserungsvorschläge, Kritik und Fragen zum Buch.

Die Meinung und Zufriedenheit unserer Leserinnen und Leser ist uns sehr wichtig. Kontaktieren Sie uns deshalb gerne und schreiben uns eine E-Mail an ***feedback@ eulogiaverlag.de***

Wir freuen uns auf Ihre Nachricht.

Herzlichst

Ihr Eulogia Verlags Team

MERRY
CHRISTMAS

Printed in Poland
by Amazon Fulfillment
Poland Sp. z o.o., Wrocław

82835241R00066